白云剪裁的衣服

毕淑敏 著

CTS 湖南文艺出版社
HUNAN LITERATURE AND ART PUBLISHING HOUSE
博集天卷
CS-BOOKY

白云剪裁的衣服

白云
剪裁
的
衣服

8

白云剪裁的衣服
8

云
裁剪
的
衣服
8

目录

Contents

01

为了雪山的庄严和父母的期望

一

人们常常问我，你发表处女作是哪一年？我说，是 1987 年，那一年我已经三十五周岁了。人们就"啊"了一声，不再说什么，但表情里含了疑惑：早些年你干吗去了？

在写作以前，我在遥远的西藏当兵，学的是医务。我在白衣战士的那条战线上，当到了内科主治医师的位置。假如不是改了行，就当到了副主任，您现在到医院看我的门诊，就要挂三块钱一个的号[1]了。

一个女人，更具体地说，是一个医术很好颇有人缘的女大夫，在已过了"而立之年"的沉稳日子里，为什么要弃医从文，拿起生疏的文学之笔开始艰难跋涉？

在许多孤寂写作的深夜，我对着苍天自问。

我不知道。

---

[1] 本文发表于《作家》杂志 1995 年第 1 期。这是当时的物价水平。

但是我感到一个苍凉而喑哑的声音，在寒冷的西部呼唤我。

你既然来到了这里，你就要让世人知道这里。

他说。带着无上的权威。

我没有办法抗拒。你可以违背一个人的意志，但是你不能违背一座雪山。

这就是昆仑山啊。我们民族最伟大的峰峦。

不管文化古籍里怎样考证，说传说中的昆仑山是现如今的什么什么山，我总认为它不是一座具体的山，而是一个象征。想想那时候，交通工具多么不便，又没有精确的地图，指南针还没有发明出来。古人绝不可能把山与山的分野搞得条块分明。他们只有对着西部广袤的隆起兴叹，在落日辉煌的余晖里，勾勒云霭中浮动着鬼斧神工的宫殿……于是他们把无数神奇的传说附丽其上，敷衍出最雄伟的想象。那里有九条尾巴的天神把守的天宫，那里有直插云霄的天稻，每一粒谷子都是鸡蛋大的玉石……

无独有偶。在印度辽阔的恒河平原上，更为优雅的神话野火般流传。赤足的人们向西眺望，看到皑皑的冰峰劈裂云霄。他们认为有超凡入圣的法力统治其上，于是说那里是佛祖居住的地方……

两大古老种族神秘的目光交会于此——这就是地球上最高耸的原野——藏北高原。

当我十六岁的时候，离开北京，穿上军装。火车不断地向西向西，到了新疆的乌鲁木齐。又换上汽车向西向西。在茫茫戈壁上奔跑了六天以后，到达南疆重镇喀什。这一次汽车不是向地面上的哪个方向行驶了，而是向"天上"爬去。又经历了六天无与伦比的颠簸，我作为藏北某部队第一批五个女兵当中的一员，到达了共和国这块最高的土地。

这块土地是喜马拉雅山、冈底斯山和喀喇昆仑山聚合的地方，平均高度在海拔五千米以上，它有一个奇怪的名字，叫作"阿里"。

没有人知道"阿里"是什么意思。我曾经问过博学的藏学家，也没能给一个明晰的回答，只是说这个词语可能属于一个早已消亡了的语系。于是我就沿用了一个我在阿里搜集到的民间传说：阿里的意思是"我的"。

"我的"什么呢？我的高原？我的山川？我的牦牛和我的盐巴？我的清澈的湖泊和险恶的风暴？不知道。人类的远祖用我们不懂的语言，为我们留下了一道永恒的谜。也许在先民们眼中，所有的一切都是有灵性的，他们都在呼喊着"我的"。

我小的时候，学习很好。语文好，数学也好。语文老师说我以后可以当个记者，数学老师则说我以后可以上清华大学，成为一个女数学家。我回到家里，很高兴地把这些话学给妈妈。没想到，她训斥我说，这都是老师逗你玩的，你不要相信别人说你如何好的话。

我挺伤心的，从此对别人的夸奖总是半信半疑。我不知这习惯到底好不好，但它使我在荣誉面前天生地镇静起来。比如我的作文被老师批过"5+"的分数，但是小小的我丝毫不骄傲，因为我知道那是她逗我玩的。

我小学毕业后考进了北京外国语学院附属学校。据说是很难考的，录取率只有几百分之一，而且女生录取得很少，只及总数的四分之一。

在我这个年纪的北京人，都会记得当时每年一度的北京外语学校招生，是怎样地惊动京城。

我考上了，妈妈难得地高兴了一回。但是我已经养成了宠辱不惊的脾气，并没有特别兴奋。

在外语学校读书的时候，我的成绩依然很好。我现在还保存着一张当时的成绩单，所有的科目平时都是 5 分，期末考试都是"优"。我后来在军队院校军医专业学习的时候，每次考试也都是第一。由于一贯的优异，我在内心深处看不起在校学习这件事。你想啊，上边有老师喋喋不休在讲，周围有同学可研讨，你什么事都没有，一门心思学那点前人遗下的知识，你要是还学不好，不是太说不过去了吗？

我在外语学校最大的收获，是见了一个比较大的世面，读了不少的书。退回去三十多年，许多社会名流的孩子已经在"反帝反修"的同时，孜孜不倦地开始学习外语。我们这所学校干部子女的密集程度，大概超过了京城的任何一所学校。我的父亲是军队的一位正师级干部，但相比之下，我只能算作平民子弟。由于我优异的学习成绩，我保持了一种有尊严的生活态度。我得以近距离地观察到真正的"贵族"气派，看到它的华贵，也看到它的羸弱。

读了许多课外书，则得益于"文化大革命"的停课。我们学校里有一个很大的图书馆，平日里我们是没有机会读小说的。功课压得非常紧，老师原本要求我们夜里说梦话都用外语的。现在一停课，大松心了，快活无比。只是图书馆里的书可不是无偿看的，看一本，要写出一篇批判文章。

　　刚开始大伙儿觉得这个交易做得来，不就是看完之后胡乱照着报纸抄点革命词语就能交差了吗？于是大家都去借，并相约看完了自己的那本以后，彼此交换。这样各人写一篇批判稿，就可以看几本好小说，不是太合算了吗？

　　但实践的结果并不美妙。很多人书看了，但批判稿久久写不出来，时间长了，就失去了继续借书的资格。我也不愿意写大批判文章，你想啊，都是世界名著，看的时候，对大师们佩服得五体投地，书皮一合上，就要批判他们，这是一件多么残酷的事情！但管图书馆的小个子老师很严厉，交不了稿，你就不要想从她的手里再借出一张纸。为了阅读大师们的作品，我只有硬起头皮来批判大师们。

　　道理虽说明白了，但写的时候，心痛如绞。我终于想出了一个两全其美的办法。比如，看完《复活》，我就在纸上写：以下部分暴露出列夫·托尔斯泰的资产阶级人道主义倾向……然后我开始大段地抄录老托尔斯泰的原文，抄得很仔细，连一个标点都不错过……还书的时候心情好忐忑，生怕小个子老师看出什么。没想到，她连连表扬我的认真，原来她是只看标题，看字迹是否整齐，看篇幅的长短，并不在意你写的是什么。

　　只有我一个人坚持借书写批判稿了，同屋的同学开始央求我，要我看完了书暂不要还，让大家都传着看一看。我当然不能拒绝，只是有的人看得很慢，已经过了好多天了，你问她看完了没有，她还说没完。知道书看到半截被人夺走的苦处，我不好意思催，只得耐心地等。但看惯了书的人，就像大烟瘾，是很难忍得住的。我就在下次借书的时候想办法——连借带偷。图书馆的小个子老师对我已是十分地信任了，每次我来借书，她不跟着，让我自己在书架里挑。

我们的图书馆是一座建立于 20 世纪初期的西式楼房，窗户很高很小，像旧时的教堂。加上书架遮挡了大部分的阳光，走道幽暗深邃。这真是一个作案的好场所。我在书架里转啊转，看到一本好书，就夹在胳肢窝的衣服里……这样几圈下来，双臂就像机械的木偶，动也不敢动了。最后僵硬地走到老师跟前，只把手里抱着的书登记。

这样我看好几本书，只需写一本书的大批判稿，不但减轻了手的负担，加快了看书的速度，更重要的是减轻了心灵的负担。

但还书的时候，气氛挺吓人的。借的时候，只图一时快活，完全忘记是从哪个犄角旮旯掏出来的书，可还的时候一定要归位。小个子老师是很认真的，一旦她发现大量的图书放错了地方，怀疑到我身上，我的秘密书库就会被彻底摧毁了，损失不堪设想。我谨慎地控制着偷书的数量，严格地完璧归赵。每次还书时候，都恐惧万分。身上夹带着好几本书，像个沉重的孕妇，还要等着小个子老师验收批判文章，心中狂跳不止。待老师那里过了关，急急钻进书架的峡谷，拼命回想上次取书的位置，冷汗涔涔。好不容易放了回去，刚轻松了一秒钟，又贪婪地开始了新一轮的夹带……

同学们坐享其成，却全然不体谅我的苦衷，轮到我要还书了，她们就要赖，说还没看完呢。我说，那你们也得给我一个时间，你们不能老这么耽误我呀。她们就说，要不这样吧，书你现在就可以拿走，但是你得把书中的故事讲给我们听。

于是，在"文化大革命"最激烈的年代，在北京城内一所古老的校舍里，每逢夜深人静，在一间住着八个女孩的房间里，就会传出娓娓的话语，中外文学大师的智慧，像月光清冷地笼罩着我们，伴我们走进悠远的梦乡。

为了给同学们讲得不露破绽，我读原著的时候就格外地认真。几十年过去了，我的一位现已在美国定居的朋友，说她至今记着我给她讲过的《笑面人》，而且拒绝看雨果的原著。她说，毕淑敏在那个夏夜所讲的《笑面人》是世界上最好的《笑面人》，我从来没有听过比这再好的故事了。

我对这个评价淡然一笑。我知道，这是她在怀念自己的少年时代。

二

我从北京来到西藏的阿里当兵，严酷的自然环境将我震撼。所有的日子都充满严寒，绿色已成为遥远而模糊的记忆。

吃的是脱水菜，像纸片一样干燥的洋葱皮，在雪水的浸泡下，膨胀成赭色的浆团。炒或熬以后，一种辛辣而令人懊恼的气味充斥军营。即使在日历上最炎热的夏季，你也绝不可以脱下棉衣，否则夜里所有的关节就会嘎嘎作响。

由于缺乏维生素，我的嘴唇像兔子一样裂开了，讲话的时候就会有红红的血珠掉下来。这是很不雅的事情，我就去问老医生怎样才能治好嘴唇？医生想了半天说，你要大量地吃维生素。我说吃啦，每天都吃一大把，足足有二十多片呢！可我的嘴唇为什么还是长不拢？医生说那就是你说话太多了，紧紧地闭一个星期嘴巴，你的嘴唇就长好了。我说，那可不行，我是卫生员的班长，就算跟伙伴可以不说话，跟病人也是要讲话的……老医生表示爱莫能助。

后来我的嘴唇还是我自己给治好的。夜里睡觉的时候，用胶布把自己的嘴巴粘起来，强迫裂开的口子靠在一起。白天撕开照常讲话。坚持了一段时间，后来就好了。

由于缺氧，我的指甲猛烈地凹陷下去，像一个搅拌咖啡的小勺。年轻的女孩就是爱斗嘴，有一天，女卫生员争论起来谁的指甲凹得最厉害，最后决定用注射器针头往指甲坑里注水，一滴滴往下灌，水的滴数多而不流者为胜。记得我得了第一。好像是贮藏了十几滴水吧，凝聚得圆圆的，像一颗巨大的露珠，乖乖地趴在我的指甲上。

我是一个优秀的卫生员。有一天，我在军报上看到了一个叫作"毕淑敏"的人写的一首诗，就轻轻地笑了一下。我知道我的名字很大众，全中国从八岁到八十岁的女人，有许多叫这个名字。但是我的姓是比较少的。现在有了一个同名同姓的人写了一首诗，觉得很亲切，就很仔细地读。

一读之下，我吃了一惊。因为这首诗是我写的。但是千真万确，我没有向任何一家报刊投过稿。

我不知道这是怎么一回事，也没有人负责向我解释。时间一长，我就把它忘了。但是军邮车下次上高原的时候（由于道路封山，邮车很长时间才上来一趟），报社给我寄来了一个黄色封面的采访本，我才得以确认那首诗是我的作品，这个本子就是稿费了。我用这个本子记了许多有关解剖和生理方面的知识。

一个很偶然的机会，政治部的一位干事对我说，你的那首诗，充满了鲜血和死亡的意识，真不像一个十几岁的女孩子写的。

我恍然大悟说，噢！原来我的那首诗是你给我投到报社去的啊？

他说，不是他。

他这才告诉我，军报的一位记者到阿里高原采访。高原反应像重量级的拳击手，毫不留情地击倒了他，第二天他就下山返回平原了。但记者很忠于职守，就在高原的这仅有的一天里，挣扎着看了一些单位的黑板报，摘了一些作品带回去，我的小诗也在其中。回去以后，别人的都没选中，只发了我的那一首……

我不知道自己随手涂抹的句子还有这样的经历，但幼时妈妈的教育使我绝不大惊小怪。我没有看见自己的作品变成铅字的喜悦，只认为这是一个巧合。不会再有第二个记者匆匆下山，不会再有人看上我的小诗……

我继续专心地学习医学知识，一点也没有因此想投稿搞创作什么的。

当了几年兵，我回家探亲。我的父亲很郑重地同我谈到了那首诗，说他很高兴。

我从小是一个乖孩子，愿意使自己的父母快活。但我还是没想到写作，只感到一种隐隐约约的愿望在内心起伏。

我在藏北高原当了十一年的兵，把自己最宝贵的青年时代留在了冰川与雪岭之间。

我曾经背负武器、红十字箱、干粮、行军帐篷跋涉在无人区，也曾骑马涉过冰河给藏族老乡送医药。

我曾在万古不化的寒冰上，铺一张雨布席地而眠，初次这样露营时，我想醒来身体还不得泊在一片汪洋之中？我真是高估了人的微薄热量，黎明当我掀开雨布查看时，只见雪原依旧，连个人形的凹陷都没有。除了双膝凝固般的疼痛，一切都很正常。

攀越海拔六千多米的高山时，心脏在胸膛炸成碎片，仿佛要随着急遽的呼吸迸溅出嘴巴。仰望云雾缭绕的顶峰，俯视脚下深不可测的渊薮，只有十七岁的我，第一次想到了死。我想这样爬上去太苦难了，干脆装作一失足，掉下悬崖……没有人会发现我是故意这样做的，在如此险恶的行军中，死人的事经常发生。我牺牲于军事行动，也要算作小小的烈士，这样我的父母也会有一份光荣……我把一切都周密地盘算好了，只需找一块陡峻的峭壁实施自戕的方案。不一会儿，地方选好了。那是一处很美丽的山崖，天像纯蓝墨水一样浓郁地蓝着，有凝然不动的苍鹰像图钉似的揿进苍天。这里的积雪比较薄，赭色的山岩像礁石一般浮出雪原（我知道要找一块山石狰狞的地方下手，否则叫厚雪一垫，很可能功亏一篑）……

一切都策划好了，但是我遇到了最大的困难。我的脚不听我的指挥，想让右脚腾空，可是它紧紧地用脚趾抠住毛皮鞋底儿，鞋底儿粘在酷寒的土地上，丝毫不肯像我计划的那样飞翔而起……我转而命令左脚，它倒是抬起来了，可它不是向下滑动，而是挣扎着向上挪去……青春

衣
服
的
剪
裁
呈

的机体不服从我的死亡指令，各部分零件出于本能居然独自求生……那一瞬我苦恼至极，生也不成，死也不成，生命为何如此苛待于我？

一个老兵牵着咻咻吐白汽的马走过来，他是负责后卫收容的。他说，曼巴[1]，拉着我的马尾巴吧，它会把你带到山顶。我看了一眼马毛被汗湿成一绺绺的军马，背上驮着掉队者的背包和干粮，已是不堪重负。

不。我不。我说。

老兵痛惜地看着我说，你是不是怕它扬起后蹄踢了你？放心吧，它没有那个劲儿了。在这么陡的山上，它再累也不敢踢你。只要它的蹄子一松劲儿，就得滚到谷里去。它是老马了，懂得这个利害。你就大胆地揪它的尾巴吧。

我迟疑着，久久没有揪那条马尾。

不是害怕马。甚至也不是怜悯马。

我在考虑自己的尊严。

一个战士，揪着马尾巴攀越雪山，这是不是比死还让人难堪？我的意志做出一个回答，生存的本能做出另一个回答。

意志在本能面前屈服，我伸出手，揪住了马尾巴……

我看到许多年轻的生命永远地留在了万水千山之间。他们发生过悲凉或欣喜的故事，被呼啸的山风卷得毫无痕迹。

我为一个二十岁的班长换过尸衣，脱下被血染红的军装，清理他口袋里的遗物。他兜里装着几块水果糖，纸都磨光了，糖块儿像一只

[1] 藏语的"医生"之意。

只斑驳的小乌龟，沾着他的血迹……我一点都不害怕，因为我的兜里也有和他一样的水果糖，这件小小的物品使我觉得他是兄弟。

我们把他肚子上覆盖的瓷碗取下来。碗里扣着的，是他流出的肠子。敌人的子弹贯穿了他的腹腔，肠管已经变得像铁管一样坚硬，没有办法再填回他的肚子里去了。

我们给他换上崭新的军装，把风纪扣严严实实地系好。除了他的腰间因为流出的肠子，扎了皮带也显得有些臃肿，真是一个精干的小战士呢。

趁人不注意，我在他的衣兜里又放上了几块水果糖。我不敢让别人知道，因为老兵们一定要嘲笑我的。但我真的觉得这个班长需要这几块水果糖。糖是我特意挑的，每一块的糖纸都很完整，硬挺地支棱着，像一种干燥的翅果。

那个小兵被安葬在阿里高原，距今已经有二十多年了。我想他身边的冻土，有一小块一定微微发甜。他在晴朗的月夜，也许会尝一尝吧？

三

1980 年我转业到北京，在一家工厂的卫生所当医生，后来当了所长。结婚、生子、操持家务……一个女人来到这个世界上该做的事情，我都很认真地做了。贤妻良母好医生，这是人们众口一词的评价。

对一个三十岁的女医生来说，你还需要什么？

按说是不需要什么了，我应该安安静静地沿着命运已经勾勒好的轨道，盘旋下去。

我虽然从小生活在北京，对北京的一草一木都那样熟悉，此次归来，我却不再是过去的那个我了。怀里揣了那么多藏北的风雪，它们强烈地撞击着我的心脏。我对这个巨大的都市，开始了新的审视。我到过这个国家最偏远最荒凉的地方，在横贯整个中国的旅行中，我知道了它的富饶与贫瘠。我在妖娆的霓虹灯中行走，身旁会突然显现白茫茫的雪原。在文明的喧哗与躁动之间，我倾听到遥远的西部有一座山在虎啸龙吟……

我的父亲有一天对我说，我看你是可以写一点东西的，你为什么不写呢？

我的父亲是一个很聪明的人，而且在文学艺术方面有很好的天赋。只是他们那一代人所处的环境，使他戎马一生，始终未能从事文学。我从他的目光里看到了期望，我决定一试。

一个微茫的希望在远方磷火般地闪动。我想用我的笔，告诉世人一些风景和故事。我想让我的父母惊喜。

于是在一个普通的日子，我铺开一张洁白的纸。那是在深夜的内科值班室，轮到我值班，恰好没有病人。日光灯管发出咝咝的叫声，四周一片寂静。记忆在蛰伏了多少年后苏醒，将高原的生命与鲜血铺陈于我面前。

我在高耸的雪山上开始了我为医的生涯，雪山也将它的身影，倾泻于我的笔端。

小小的年纪，告别了父母，到一个遥远而陌生的地方去，本应该是很伤心的。妈妈到火车站送我的时候，险些哭了。但我心中充满了快乐，到西部去，到高原去，真是一次空前的冒险啊！

从北京坐上火车，一直向西向西。窗外的景色，由密集的村落演变成空旷的荒野。气候越来越干燥，人烟越来越稀少，绿色逐渐被荒凉的戈壁滩所代替。三天三夜之后，我们这群女孩子到达了新疆的乌鲁木齐。在这里要进行最后的体检，才能决定谁可以到海拔五千米以上的西藏去。

我的身体一向很好，但这次医生说我的小便化验不正常，要是过几天复查还不合格的话，就要把我退回北京。

这不是"出师未捷身先死"吗？我的探险还没有开始，难道就要这么狼狈地打道回府啦？

我一定要想出一个办法！

我的目光停留在一个同我最要好的女孩子身上。

我悄悄地把她扯到一个僻静的地方，对着她的耳朵说，你说，我们是不是好朋友啊?

她说,当然是啦。你怎么想起问这个不成问题的问题?

我说,既然是好朋友,我向你借一样东西,你一定是借的啦?

她一扭头嚷起来,什么东西呀?咱们的东西都是统一发的,我有的,你都有啊!

我一把捂住她的嘴说,干吗这么大声?是不是太小气不想借给我?实话说吧,我跟你借的这样东西,对你是一点用处都没有的,但对我的好处就大了!

她说,那是什么宝贝呀?

我说,是尿啊!

我把我的打算告诉她,复查的时候把她的尿当成我的标本送上去。她刚开始吓了一跳,然后,很犹豫地说,这不是骗人吗?我说,要是我复查不合格,到不了西藏,被退回北京,我们俩就再也见不到面了,更甭提做朋友了。她想了想,答应了。

好不容易挨到了复查的那一天,没想到是通知我一个人单独到医院的检查科去。在卫生间里,我拈着盛标本的小瓶子,急得直掉泪。我真想到水龙头那儿,接一点自来水送上去,或者干脆把眼泪送上去化验,那就绝对没问题了。可是,我不敢。你想啊,化验员用的是显微镜,还不一下子就发现我的花招了?万般无奈之下,只好把自己的"标本"交上去了。

等待结果的日子,我和我的好朋友都充满了悲哀,以为我们必定分手了。

不可思议的是，这一次的化验结果完全正常。

我终于和我的好朋友一道，踏上了遥远的奔赴西藏的道路。

我们告别了乌鲁木齐，在广阔的戈壁滩与高原上坐了整整十二天的汽车，到达了白雪皑皑的世界屋脊。我在那里待了十年。

后来，我把这一段有惊无险的遭遇和我的计谋，讲给一位老医生听，口气中充满了得意。没想到，他皱着眉说，幸好你本身的体检合格了。要知道，西藏高原缺氧，氧气只有海平面的一半。要是你的小便有问题，就说明你的肾脏有问题；要是你的肾脏真的有病，又用别人的标本蒙混过关，那是很危险的。

我承认他的话很对，但也仍旧很佩服当年那两个十几岁的少女，我们为了友谊和理想，真是很勇敢呢！而且不服气地想，西藏人的肾脏，就个个都是铁打的了？我在高原见过不少肾脏有病的人，活得也很快乐啊！

　　我从小就很想当兵，最主要的动机是喜欢绿色。小时候，每逢妈妈要给我买衣服，我就大叫，要绿的。妈妈生起气来，说，你也不看看自己，毛衣毛裤围巾手套都是绿色，再套上一件绿外衣，活像一只青蛙！我低头一瞧，说，哪怕就是像只绿豆蝇，我也还要绿衣服。

　　当兵多好啊！从此，可以名正言顺地一年到头穿绿衣服，再也没人说你一句闲话。可那时候要当女兵也挺难的，想当的人太多了，僧多粥少。听说男兵和女兵的比例是千分之二点五，也就是说，征一千名男兵，才要两个半女兵，女兵简直像空气中的惰性气体。身体检查严格极了，差不多和当女飞行员同样标准。幸好我那时身高一百七十厘米，两眼裸视力二点零还有富余，心、肝、脾、肺、肾全像刚从工厂造出来一样合格，属于特等甲级身体，经过了一轮又一轮的淘汰，我终于过五关斩六将，拿到了入伍通知书。

　　我几乎不相信自己的好运气，连连问妈妈，您说，事情到了这个份儿上，还会有令人悲痛的变化吗？

妈妈说，不会吧。你就把通知书放在枕头底下，安心睡个好觉。

我说，没穿上绿衣服时，我可放心不下。

妈妈说，要变，你穿上军服还会让你脱下，担心也没有用。解放军应该是说话算话的。

发衣服的时候，穿着五颜六色家常衣服的新兵，排成一队，依次从司务长面前走过。司务长像大商场的成衣售货员，眯起眼睛打量着走过的小伙子和姑娘，大声地说，帽子二号……衣服三号……蹲在一旁的上士，就像老鹰抓小鸡一样，手疾眼快取出相应号码的衣物，把衬衣铺在最下面，其余所有东西都堆在上面，一时间好似平地起了一座绿色的小山，然后麻利地把衬衣的两条袖子抻出来，把它们打个结，怀抱里就塞满了崭新的衣物。领了军衣的人，就快乐地抱着这个绿色的半截人，走进一间密闭的小屋。再走出来的时候，就是一个英姿勃勃的兵了。

好不容易轮到我的时候，司务长目测了一下，自言自语说，这个兵啊，长得不合尺寸。穿一号的小，穿特号的又大……

我赶紧说，您甭为难。我要特号的。

司务长说，咦？女孩子都愿意穿得比较秀气，你这个兵倒奇怪。发给你特号的衣服，到时候裤腿踩到脚底下，窝窝囊囊，一不留神摔个大马趴，可别怪我。

我忙说，不怪不怪，绝不找你。我妈说过，衣服是会缩水的，当然是大点好了。裤腿长了可以裁，要是短了，就得自己找布接，多不合算！

司务长说，看不出来，你小小年纪，还挺会过日子的。好吧，依你，给特号。

我欢天喜地地去换衣服，一试之下，特号衣服果然名不虚传，上衣还凑合，裤子好像是给跳高运动员预备的，腿长无比。我把裤脚挽起来两折，自觉比较利索了，抱着旧衣服正准备从更衣小屋往外走，先换好军衣的一个女孩端详着我说，你像一个打鱼的。

我看了她一眼，屋里光线不好，看不清眉眼，只觉得军装好像是特地比量她的身材做的，妥帖极了。我愤愤地说，你的意思是我不像一个兵？

她轻轻笑笑，露出雪白的牙说，你还是像一个兵的，只不过是个邋遢兵。

她的口气很老练，虽然军装同我一样没钉领章，军龄倒好像已有一百年。我没好气儿地说，兵工厂的人太没有节约观念了，裤子做得这么大，使人穿上像匹诺曹。

她说，匹诺曹是谁？是咱们一块儿当女兵的吗？我叫小如，你叫什么？

我说，你就叫我小毕好了。咱们就甭理那个姓匹的家伙了，反正三言两语也说不清它的来历，还是讨论这条讨厌的裤子吧。我想把它剪掉一截，哪儿有剪刀？

小如说，剪了不好。一剪子下去倒是痛快，以后要是觉得短了，或者你再长个儿了，就没法补救了。不到万不得已，还是别干一锤子买卖的事。

我不耐烦了，说，你倒是想得蛮周到，可大道理以后慢慢说，现在要解决的问题是，我怎么走出这间房子？

小如笑起来，说，真是个急性子。一条裤子少说要穿一年，可你连这么几分钟时间都不愿等，活该你像那个姓匹的。

想起木偶匹诺曹的狼狈样，我只好安静下来，听小如的主意。

小如不说话，往外走。我说，你干吗去？

她说，我去找司务长借针线。

我忙拦住说，使不得。

小如说，为什么呢？

我苦着脸说，你不知道，我刚才跟司务长夸了口的，说衣服大了和他没关系。现在你去求他，不是太丢我的面子吗！

小如说，你就放心好了。

我竖起耳朵听外面小如和司务长的对话。小如说话的声调带一点乡下口音，但是很甜，好像那种高高地长在地里的玉米秸，清凉而柔韧。她说，司务长，借我一根细细的针、一条长长的线，好吗？

硬邦邦的司务长好像被糖醋过了，声音变得软绵绵，说，针啊有有，只不过又粗又大，你就凑合着使吧，留神别扎了手。只是你要针线干什么？

缝衣服啊。

缝什么衣服？司务长立刻警觉起来。

缝你发给我们的衣服啊。小如很机智地回答。

我发给你们的衣服都是新的，哪里用得着缝？莫不是有什么破损的地方，你拿来，我给你换。然后再找被服厂的人理论。司务长很负责地说。

小如笑笑，说，没那么严重。我只不过是想把衣服改一改。

司务长如临大敌，严肃起来，说，你是新兵，我是老兵，必要的规矩要告诉你。军装是不能任意改的，大家是个统一的整体。

小如不理这一套，说，衣服太肥了，你总不能让我们一甩袖子，就像舞台上唱戏的青衣啊。

司务长嘿嘿笑着说，袖子改得太瘦了，打靶的时候弯不过肘子来，小心吃鸭蛋。

小如说，鸭蛋多了就腌起来呗，腌得蛋黄流红油，就着馒头吃，香死个人！

司务长说不过小如，就把针线给了小如。小如进了屋，拿过我的裤子，开始飞针走线，一会儿就把裤腿改得熨熨帖帖。我穿上后，举手投足，再不拖泥带水。

我说，小如，谢谢你。

小如说，不必谢，我们乡下的女孩子，从小就要学会使针线，要不长大了，没人娶你做媳妇。

我说，哎呀呀，像你这样的一手好活计，岂不是说媒的要挤破门！像我这样的，只好像个坏橘子一般，剩在筐里没人要了。

小如说，小声点，这种玩笑还是少开的好。你知道吗？当兵的时候是不准谈恋爱的。

我连忙闭了嘴，要晓得为穿上这套绿衣服，我是多么费尽心机，哪能稀里糊涂地就叫人打发回家了。

等我们走出密闭的小屋时，司务长看了看我的裤子，叹了口气说，你是特号的身子一号的腿。

我听了怒火中烧，这意思不就是我身子长腿短吗？哪个女孩子爱听这种话！我狠狠地瞪了他一眼，可惜司务长正瞧着别的地方，对我的愤怒没反应。不管怎么说，从今天开始，我成为一个真正的兵了。

河莲个儿矮，像个敦实的土丘。司务长低估了她的胖，给了一套正二号的军装。河莲勉强把自己装了进去，觉得憋得慌，大叫起来，说上衣的第二颗扣子压迫了心脏，喘不过气来。司务长只好给她去换副号衣服。

军衣的型号挺奇怪，号数愈大的尺寸愈小。比如，正五号衣服，中学生都能穿，但要是正一号，就得一米八以上的个头才撑得起来。当然，这讲的是标准身材，要是你长得比较圆滚，就得穿副号军装。副号的意思，是长度同正号一样，宽窄要肥出许多。女孩子一般都很忌讳副号。你想啊，军装为了行军打仗的方便，本来就宽宽大大，再一"副"，就更没款没型了。但河莲是个敢想敢说的女孩，她才不会为了别人的眼睛，让自己的心肺受委屈。

正号军装是大路货，后勤部门保证供应。副号属于稀少品种，司务长颇费了一番心思，恨不能跟后勤部门说河莲胖得像个孕妇，才算领来一套副二号的衣服。

　　试穿之后，河莲大为满意。不仅她的心脏跳动正常，这套衣服还有许多妙不可言的好处。一般衣服都是军绿色，好像夏天的松树林，这种独特的颜色有一个雄赳赳的名字，叫作"国防绿"。河莲的副号却是安宁的黄绿色，好像秋风扫过的草原，温暖而朴素。普通的衣服都是平纹布，河莲的衣服却是"人字呢"的。虽说它不是真正的呢子，只是布的纹路互相交叉，好像一行行一排排细密的"人"字，故而得了这样一个考究的名字，但看起来要比平纹布挺括得多。最最重要的是，河莲的军装是四个兜的！

　　没有当过兵的人，不知道衣兜的重要性。它除了装东西之外，更是一个标志。战士服只在胸前有两个口袋，提升了干部，才能穿有四个口袋的上衣。口袋因此成了某种地位的象征。不过女兵喜欢四个兜的衣服，倒不是势利的缘故。因为胸高，随身又总有些小零碎儿，比如手绢、钢笔什么的要经常带着，若衣服下摆没有兜，只得都塞在胸前，鼓鼓囊囊，像藏了一窝鸽子，显得很不利落。

　　副号有这么多优越性，大家都去找司务长要求换军装。司务长火了，说没见过这么难缠的兵！婆婆妈妈的，谁要是不想干了，就向后转，回家去，爱穿什么穿什么！

　　话说到如此凶狠的份儿上，我们只好乖乖地穿正号衣服。河莲独自乐了没几天，发现人字呢也有弊病。洗衣的时候，刚把衣服泡在脸盆里，就有浑黄的汤沁出来。刚开始，河莲以为衣服格外脏，就拼命搓，搓得两个手掌像红萝卜一样。洗了几水之后，正号衣服还像葱叶一般绿，河莲的副号军衣已泛出菜心般的黄。

一天，果平大惊小怪地喊起来，河莲，要是敌机轰炸，第一个阵亡的肯定是你！

我们大吃一惊，不知果平为何发此恶毒咒语。

果平说，你们想啊，我们都有绿色伪装，只有河莲的衣服像经了霜的野草，还不一下就被发现了？

河莲脑子快，立即反驳说，依我看，还不知谁第一个为国捐躯呢！没准儿正是你们这些国防绿。

所有穿正号军装的都不干了，定要河莲说个清楚。

河莲不慌不忙地说，要是春夏季节开仗，大地一片翠绿，自然你们的衣服是最好的保护色。可要是秋天呢？丰收在望，落叶满地，到处都是金黄，肯定是我的衣服伪装性更好。

大家你看看我、我看看你，不得不承认河莲的话有几分道理，只好自我解嘲道，反正我们也不是敌人的参谋长，谁知道仗哪会儿打？要是春夏开战，河莲你就留在后方做饭。要是秋天开战，河莲你就一个人打冲锋。

河莲也不理我们，只是更起劲儿地洗军装，盆子里倒进一大堆洗衣粉，激起的泡沫，好像有一百只大螃蟹愤怒地吞云吐雾。她还专拣大太阳当头的日子，在外面晒衣服。这样，没用多长时间，副号不断褪色，最后简直变成白的了。

古代有句俗话叫：男要俏，一身皂；女要俏，一身孝。

关于"皂"到底是什么色，我们争论了好长时间，基本上统一了意见，认定是一种近乎月亮和蓝天混合在一起的颜色。关于"孝"，倒是没有什么争论的，就是医院里没有染上血的棉花颜色了。河莲在黎明的晨光里，背对着太阳走向我们的时候，白衣白裤，好像云彩剪裁做成的军装。

正号们充满嫉妒之心，果平甚至痛下决心，要在一年之内，把自己吃成一个大胖子，明年就可名正言顺地领人字呢副二号了。

看着果平像北京填鸭似的大吃特吃，小如提醒她，人字呢因为染料不过关，属淘汰产品，已经不生产了。河莲领的是库底子，谁知明年会怎样？若是你辛辛苦苦吃成相扑手模样，明年的副号已变成国防绿，你岂不白胖了一回？

果平这才放慢了胡吃海塞的速度。

我问河莲，你把衣服洗得这样白，是否准备冬天打仗的时候，一个人趴在雪地上，狙击敌人？你不要闹个人英雄主义，要知道，冬天的伪装并不难办，只要每个人披上一条白床单，任你火眼金睛也发现不了埋伏。

河莲说，你以为我是孤胆英雄？你不穿这衣服，不知它的毛病。特别不经脏，刚穿一两天，袖口就黑得像套了一圈猴皮筋，抹了机油似的，所以，我就老得洗。

练习匍匐前进，连长一个鱼跃，趴到草丛中，泥土四溅。女孩子虽然酷爱干净，但连长这般身先士卒，也就只好奋不顾身地扑过去，手脚并用，在粗糙的草叶上敏捷地爬行。草汁和着汗水涂抹在脸上，人好像流了绿色的血。

所有的人都趴下了，唯有河莲笔直地站在那里。

你为什么不卧倒？连长的好奇更大于震怒，在他当兵若干年的历史中，还从未看到过一个面对命令敢于不趴下的士兵。

我的衣服颜色浅，趴在这样的泥土里，再也洗不干净了。河莲理直气壮。

是衣服重要还是胜利重要？如果在战场上，你不卧倒，衣服可能始终干净，但你的小命就没有啦！连长声色俱厉。

我是傻子吗？到了打仗的时候，我自然知道生命比衣服更重要。炮声一响，我就像战斗英雄一样趴在地上，纹丝不动。河莲才不吃他那一套，有板有眼地回答。我们都忍不住笑起来。

连长大怒，认为河莲没有战斗观念，目无上级，给了她一个队前警告。看得出，河莲非常不服，但是有什么办法呢？一个小兵，而且是个新兵，哪里有你说话的份儿！我们顿生兔死狐悲之心，希望自己快快地老起来，满脸皱纹，穿破十套军装，就有了倚老卖老的资格。比如我们的班长，都是通信部队来的老兵，她们可以自由自在地打闹和嗑瓜子，连长皱皱眉，一声也不敢吭。

由于不断地卧倒，草绿色军装很快变成灰黑，勤快的人隔两天洗一回，使它勉强保持着衣服的本色。我是个懒虫，心想反正洗了也是脏，不洗也是脏，索性由它脏着好了。好在也不是我一个人不成嘴脸，大家基本上都是暗无天日。

一天连长看到我，咧着嘴说，我从来没有看到过像你这么脏的女兵。

我说，这是节约啊。

连长很奇怪，说，脏衣服比干净的衣服更耐磨吗？我当了这么多年兵，从没听说过。

我说，每天都洗衣服，要用掉多少洗衣粉和肥皂？多少时间？多少力气？搭在铁丝上，水珠会让铁丝生锈，日子久了，铁丝还可能会被压断……只要不洗衣服，这些岂不都省了？

连长第一次听到这种逻辑，气得咻咻喘，可一时也没话好说。但他似乎怀恨在心，在紧接下来的射击训练中，故意不指导我和河莲。别人托着枪练习瞄准，连长会耐心地趴在旁边，从瞄准镜中观察他们的动作是否符合要领，矫正他们有毛病的动作。走到我和河莲身旁，他总是淡淡地说，你们俩还需要辅导啊？都是很见过世面的老兵了，一个知道战斗英雄，一个是节约模范，到了靶场上，打个优秀是没说的了。

我和河莲苦着脸。多倒霉啊，刚当新兵，就和顶头上司结下冤仇。我使劲儿打了一下军衣的下襟，好像它是一个有生命的小动物。所有的麻烦，都是衣服惹出来的。当然啦，结果是除了军衣冒出一股尘土以外，疼的还是我的手和肚子。

晚饭后，河莲和我坐在葡萄架下商量，连长这么恨我们，怎么办呢？要不然，我从此不洗衣服，尽快把白军装穿成黑的，连长是不是就会笑口常开？河莲手托着腮帮，好像牙疼般地说。

我没好气儿地答，做梦吧！我的衣服倒是黑的，可连长还不是耿耿于怀？关键是我们顶撞了他。俗话说，连长连长，半个皇上。咱们再怎么赔笑脸，也没法挽回影响啦。

河莲倔强地说，你猜，连长现在最希望我们干什么？

我把葡萄藤卷曲的须子含在嘴里嚼着，苦涩的清水像小水枪一样滋在舌头上，酸得人打寒战。我说，他最巴望着咱俩在射击场上吃鸭蛋吧。

河莲说，英雄所见略同。我们现在只有用行动证实自己是个好兵。要不，就会被人指着脊梁骨耻笑。

人们多以为爱可以给人以力量，其实，憋着一口气的劲头更是大得可怕。我和河莲从此抓紧一切时间练习瞄准，每天趴在地上，胳膊肘磨破了皮，脖子上永远淌着几条透明的蚯蚓。口中念念有词，把射击要领背得像父母的名字一样熟，看到任何物体，想的都是"三点成一线"的口诀。至于军装，再不去理它，脏得简直没法提，活似两个卖炭翁。

连长还是不理我们。好在射击要领也不是他的专利，班长和其他人也可以指导我们。再有什么不明白的，我和河莲就自己揣摩，争取自学成才。

实弹射击的时候到了。靶场上的气氛很森严，掩体里等待报靶的士兵戴着亮闪闪的钢盔，在远处神出鬼没。二百米开外的半身胸环靶，在阳光下好似幻影。我不由得紧张，手心像攥了两把糨糊，黏黏糊糊。我看看河莲，她倒一副胸有成竹的模样。我也定了心，心想到了这个关头，你腿肚子发软，只会把事情弄得更糟，索性豁出去拼了。

枪声响起来。我的第一感觉，是它绝没有想象中的响亮，只相当于一个中等二踢脚崩出的动静。对真枪实弹声音的失望，使我的心很快宁静下来。偷眼看看连长，他似乎比我们还要紧张，目光炯炯地注视着一个个进入射位的女兵。每逢射手扣扳机的时候，他颊上的肌肉就会跳动一下，令人猜到他是牙关紧咬。

我打了个"良好"。说不上很理想，但我已殚精竭虑。

河莲平时的眼神不怎么好，没想到九发子弹竟打出了八十六环的优秀成绩，特别是她前八发子弹，居然是发发命中十环，简直是个神枪手。唯一美中不足的是，最后一枪，不知是何差池，江郎才尽，只中了六环。

不管怎么说，河莲为自己大大地挣回了面子。当连长向她走来的时候，我们就直直地盯着连长，看他对这个自己不喜欢但创造出优异成绩的刺儿头兵，如何反应。

连长仿佛什么事也不曾发生过的样子，对河莲说，要是你最后一枪打得再从容些，就能得满环，也许我会为你报个功呢。可惜了。

河莲刚查完自己的靶纸，不服气地说，我这最后一枪，端端正正地打到了敌人的脑袋瓜上。我看这报靶的环数定得不科学。若打到右胸偏上的位置，按规定就是八环，可谁都知道，那地方离心脏远着呢，并不一定会置人于死地。我的这个六环，正中人的太阳穴，明摆着，一枪就能取了人性命。

我们一听，都觉得河莲说得有理，且看连长如何答对。

连长微微一笑说，河莲，没想到，你还有一套打不准的理论。可是我问你，瞄准的时候，你瞄的是敌人的脑袋还是敌人的胸脯？

河莲说，连长你这个问题难不倒我。瞄准的要领是准星、缺口和胸环靶的下沿正中呈一条直线，当然是胸脯了……

连长用一个坚决的手势，制止了河莲略带卖弄的背诵。他可不想听一个新兵，把自己烂熟于心的拿手好戏再演练一遍。好了，你既然瞄准的是敌人的肚子，结果子弹却打到了头上，就算敌人躺倒了，也是瞎猫碰到了死耗子，没什么可吹的。很可能下次你瞄的是敌人的天灵盖，打到的却是脚指头。连长说。

大家笑起来。我真替河莲抱不平，但连长的话驳不倒。可怜河莲本是功高盖世的英豪，此刻倒成了大家的笑料。

实弹训练结束后，有两天的休整。我和河莲把自己的军衣都洗了，天哪，水黑如墨，沉淀了半盆的泥沙。看见我泼水的人直嚷：快去叫老农！这样的肥水，可以浇两亩好地。

我们耐心地等着太阳把湿军装晒干。洁净的衣服重新穿在身上的时候，令人有一种脱胎换骨的感觉。我们俩你看看我、我看看你，好像不认识似的。我的军装绿如橄榄，河莲的衣服恢复了白云的颜色。

连长走过来说，现在这个样子嘛，我这个当连长的面子上也有光。不管怎么说，你俩是我带过的最邋遢最不听话的新兵了。不过，幸好还不算太笨。

　　新兵训练要结束了，分配就在眼前。大家心里都关心这事，可表面上显得很淡漠，没心没肺地打打闹闹。因为你要是特别表现出对去向的关注，别人会觉得你挑肥拣瘦，思想有问题。领导知道了，没准儿会特地把你分到一个倒霉的单位，制裁一下你呢。

　　我对这事想得比较简单，希望做一个通信兵。女兵基本上只有两个工种可挑——卫生员和电话员。卫生员要给病人端屎端尿，我一想就心中作呕。要是当着病人的面吐起来，是多么尴尬的事！通信兵就比较安稳，每天打交道的无非是塞绳和电线，都是不会说话的哑巴，当然省心了。

　　墙上有一幅油画，叫《我是海燕》，一个英姿勃勃的女兵，在漫天风雨中攀上高耸的电线杆，维修线路。狂风卷起她漆黑的短发，因为淋了水，橡胶雨衣显出乌鸦羽毛一般油亮的光泽，随风飘荡……她高喊着"我是海燕"，这既是一句线路修复之后的联络用语，也充满了勇敢的象征意味，使我年轻的心激荡万分。油画的技术如何，我不知道，但暴风雨中的女通信兵成了我的青春偶像。我想，要是我当通信兵，力争比她干得还棒。打仗时，我会用两手把线路接通，让进攻的命令通过我的身体传达到火线，立个功给大家看。

在树林里，小如悄悄凑近我的耳朵说，这次有五个名额，分到阿里去。

我从这一句话里听出了两个问题：阿里是哪儿？你从谁那儿听说的？

小如拢拢耷拉到眼前的头发说，阿里是西藏的一个地方，听说海拔有五千多米呢，高寒缺氧，还有好多地方根本就没有人去过，号称"无人区"。

我吓得抽了一口凉气说，既然是无人区，要我们去干什么？

小如说，普通人当然没有了，但有国防军啊。听说那里以前从来没有女兵，这次是头一回。

我说，你的情报还挺详细，哪儿来的？道听途说还是你自己编的？

小如说，你还挺高看我的，这样机密的消息，我就是蒙着头想他个三天三夜，也编不出。是连长告诉我的。

我大吃一惊，说看连长那个严肃样，恨不能把我们都当成射击胸靶，怎会把兵家大事透露给你？

小如说，这事对你我是大事，对连长来说，不过小菜一碟。经他的手，把多少新兵送往四面八方啊。这是我给他洗衣服的时候，随口问来的。

我的疑问更大了，说，小如，你再说一遍，你给谁洗衣服？

给连长啊。小如清清楚楚地重复。

你为什么要给连长洗衣服呢？他难道是个残疾人，自己没有手吗？我很纳闷，惊奇中又很不以为然，看不起她巴结领导。

小如坦然地说，每天训练回来，一身泥一身土的，谁像你似的，那么懒，帽子脏得像炸油饼的锅盖也不洗。我可天天要洗的，要不睡不着觉。好几次遇到连长，他一个男人家，洗衣服的时候笨手笨脚，肥皂泡溢了一地。帮一下呗，顺手的活儿。在家的时候，我也净帮着我哥。

我大笑起来，原来你把连长当成了哥，他就向你透露军情。

小如说，没事闲聊呗，话赶话地就说到那儿了。

我说，请继续刺探下去，特别是通信兵和卫生兵的比例问题。

小如说，你干吗特别关心这个呢？

我说，我讨厌卫生员这个行当，一天到晚遇见的不是病人就是死人，反正都是些没有笑容的脸，晦气啊。而且从根本上来说，我是一个缺乏同情心的人，所以，我不想穿白大褂。

小如反驳我说，当个医生多么好！治好了一个病人，人家全家都感谢你，会记你一辈子的。

我说，你怎么光想好事？就不想想，若给人家治死了，全家都恨你，也许到海枯石烂。

小如说，为什么光想坏事？再说，你就不会把本事练得精点，别把人家给治死吗？

我说，天有不测风云啊。再说，人总是要死的，这是伟人说的……

我俩正拌嘴，果平跑过来说，你们躲在犄角旮旯儿，是不是正说我的坏话呢？背人没好事。

我们大叫冤枉。果平嘻嘻一笑说，既然不是说我的坏话，就把正说的话告诉我吧。要不我不信。

我看着小如。消息的主要来源是小如，不能喧宾夺主。小如是个好脾气，虽然她不想把消息散布得人人皆知，但考虑到友谊至上，还是把所有的情报都告诉了果平。

我以为果平会激动得捶胸顿足，没想到她一撇嘴说，就这个啊，早嚷破天了。

我这才明白，有些消息的传播，是不需要"海燕"的。

果平接着说，连分配中卫生兵和通信兵的比例是九比一，也已是公开的秘密。

好像有千吨陨铁自九天坠下，正好砸到我的头上。我揪着果平说，你这话当真？

果平说，向毛主席保证！

这是一句极有威力的誓言，我再也无法怀疑它的准确性。

小如沉静地说，看来，只有极少数的幸运儿才能当上海燕，绝大多数都是小白鸽啦。

小白鸽是小说《林海雪原》中女卫生员的爱称。果平说，悲恸欲绝！我本来想若是一半对一半的比例，不哼不哈地等着，也许就会分我到通信站。没想到，事实这般残酷！

完啦！我彻底绝望，近在咫尺就有竞争者。我简直想变成老鹰，把小白鸽抓走几只。

河莲走过来说,这次分配最艰苦的地方是阿里。越是艰苦越光荣,我想写一份血书,你们谁与我同甘共苦?

果平说,哈!我只是在小说和电影里才看到血书什么的,没想到,真有人打算这么做!太棒了,我的血和你流在一起!

现在果平和河莲成一伙的了,神采飞扬地看着我和小如。

小如描绘的阿里,令我心惊胆战。要是分到我头上,那是没办法的事,军人以服从命令为天职。可我不打算主动争取,那里离家太远了。再说,我的理想是当一个通信兵,阿里要的都是卫生员。我要写了血书,就从根上绝了成为海燕的希望。

不想,宁静的小如抢先说道,我写血书。

一下子局面成了三比一,我变成失道寡助的少数派,心里不由得有一点慌。想想海燕飞舞的雨衣,我咬着牙坚持道,你们要写就写好了,反正我是不写的。

果平和河莲有些失望,但她们毕竟人多势众,便不理我,一齐商量血书的操作规程。因为以往只是听人家说,真到了自己演练的时候,才发现有许多具体的步骤很朦胧。比如,用什么部位的血呢?当然是用手指头上的血来得方便,可是"十指连心",一想到要把好好的手指头扎一个洞,挤出血来,大家都直抽冷气。

我在一旁待着,有些尴尬,走不好,继续留下,好像也不伦不类。我胡乱找个碴儿要溜,小如却拼命扯我的袖子,要不是军装缝得格外结实,简直要揪出个窟窿。

我说,你到底要干吗,跟抓壮丁似的?

小如说，上厕所啊。咱们俩一起去吧。

我们的厕所离得很远，大概总有几百米的距离，这样，每次方便就有了散步的性质。两个好朋友一边走一边说，讲到开心处，有时真希望厕所修得更远一些，或者多喝几杯水，制造出更多上厕所的机会。

就算我和她们成了血书和非血书两个阵营，也不能拒绝要同你一道上厕所的朋友吧？

我和小如默默地往前走。

小如说，你真的打定主意不写血书了？

我说，是。

小如说，其实也没什么，不过就是疼一下子。别人都能忍过去，偏你就不行？

我说，也不光是个疼的事，了不起就像得一回肠炎，再说得邪乎点，就算悲惨地拉了一场痢疾，一咬牙一跺脚也就过去了。

小如笑起来说，我看，你对医学还挺懂点门道的。

我说，我一辈子就得过这么两种病，疼痛如绞，记忆犹新。

在靠近厕所的地方，小如停下脚步，板着脸说，既然你不怕，我看你还是写血书的好。

看着她的严肃样，我很惊诧，因为她平时总是笑眯眯的，姐姐一般温柔和气，这是怎么啦？

小如看出了我的心思，小声解释道，我听连长说，他就是要用敢不敢主动要求去阿里来考验一些人。要是你主动要求了，也许就不让你去了，会特地按照你的爱好，分你一个想去的地方。要是你缩手缩脚地不表态，往后躲，就偏让你去。

我好似被人兜头灌了一脖子的冷水，脊梁骨变成一根又硬又直的鱼刺，梗在那里，回不过弯儿。原想革命大家庭温暖和谐，不想还有阴谋埋伏在里面。

我一急，结巴起来，说，河莲她们……都是……知道了，才故意……是吗？

小如说，我不知道，也不愿瞎猜。估计她们不明白这里的奥妙，真是一腔热血。你想啊，连长是多么精明的一个人，哪里能让大家都摸清了他的底牌，那他的试验还有什么意义呢？

我稍微缓过一点神来，淡淡地说，热血也好，冷血也好，反正我是不打算写血书的。

小如说，我把话都说到了这个份儿上，看在咱俩是好朋友，才把这天大的秘密告诉你，你怎么就这样不开窍！

我说，小如，你是一番好意，我领情了。我要是不知道这个底细，也许你劝劝我，我也会写的。可我既然知道了，我是说什么也不写的。我不想当卫生员，我不愿去阿里，我也不做这种装样子的事。

小如急了，说，你怎么这么固执呢？大家都写了，就你一个人不写，不就显得你太落后了吗？你写了吧！连长私下问过我愿到哪里去，说他可以照顾我。我反正只是想当个医生，这回学医的名额多得很，我也不需要他特别为我做安排，我求求他，让他分你去当海燕。

我一把捂住小如的嘴说，你别侮辱了我心中的海燕。

小如气得眼眶里注满了泪水，说，小毕，你这样不懂别人的心，我是为了你好！

我说，小如，你的这份情谊，我会永远记得。只是我不能违背自己的心愿做事，你该理解我。

往回走的路上，我们一句话都不再说了，因为所有的话都已经说完。我们看着远方，那里有很多云彩，像棉花垛一般笔直地堆积着，渐渐地高入遥远的天际，在云的边缘，就形成了峭壁一般险峻的裂隙。云像马群一般飞腾着向我们扑过来，粗大的雨滴像被击中的鸟一样，从乌云里降落下来，砸到我们的帽子上，留下一个个深绿色的斑点。

快回去吧。我对小如说。

这儿的雨和内地的雨不一样。我家乡的雨，很细很小，牛毛一般。你要是不留意，好像觉不出来似的。但它的后劲儿很大，你在雨中走一会儿，全身的衣服都会湿透，阴冷会一直沁到骨头缝里。这儿，雨来得很猛，可是这一颗雨滴和那一颗雨滴之间，隔得很远，简直能跑一只骆驼呢！小如说。

我不知她为什么要说这些关于雨的没什么意思的话。从领新军装那天起，我们就是要好的朋友。但我拒绝了她最后的忠告，分手就在眼前。可能她不愿伤感，才故意找个轻松的话题吧。

整个连队掀起了如火如荼的写血书运动。我本想离这件事远一点，后来才发现完全躲不开。这个屋子的人在写，那个屋子的人也在写，你总不能老是待在操场上像长跑运动员一般乱转吧。这是一件让人可以充分发挥想象力的事，大家八仙过海，各显其能。手指上的血量很少，再加上很快就凝固了，根本就没法写字。后来就有人割腕取血，血虽然多，但那女孩子脸色苍白，一副快要晕过去的样子，把老兵班长吓得不轻，坚决制止了此类盲动行为。后来不知是谁，发明了一种节约而科学的方法，用少量的血，掺上一部分红颜色，再兑上水，就调成了一种美丽的樱红色，写出字来艳若桃花。

我东跑西颠，把大家的发明创造互通有无，像个联络员。

终于到了最后分配的日子，不想，连长陷入了困境。因为写血书的人太多了，也闹不清谁是最勇敢最忠诚最大无畏的。连长不愧足智多谋，他把堆积如山的血书放在墙角，开始实施新的选择方案。

那是一个晴朗的日子，扎着武装带的连长，像一株笔直的白杨站在操场中央，对所有的女兵大声发布命令——面向我，按个子高低，成一路横队集合！

我们都愣了一秒钟。这是一道古怪的命令，想想吧，一个连两百多人呢，平常都是成几路横队或几路纵队集合，方方正正才像队伍。就算连长萌发新招，编成一路纵队也够标新立异了。现在可好，一路横队，士兵像鲫鱼似的一个挨一个要排出多远！还要按个子高矮，真是复杂啊。

但命令，谁敢不服从？片刻犹豫之后，大家都开始迅速寻找自己应该站的位置。其中又发生许多混乱，女兵招收时对身高要求很严格，个头集中在一米六到一米七之间，同样身高的人，少说也有十几个，实在难分上下。于是彼此推推搡搡，各不相让。还有的人，入伍时测的身高，这一两个月过去了，部队的伙食好，又蹿起一截，按照旧印象排队，显然比旁人高出个脑袋尖儿，就得重新调换地方。还有的人因为胖瘦不同，引起视觉上的误差，非得背靠背地比了高矮，才能分出伯仲，难度不亚于一道数学题。

操场上吵嚷得像个蛤蟆坑，要是往日，连长早火了，非大声呵斥不可。但今天他竟是出奇地好脾气，由着女孩们颠来倒去地比量，直到每个人找好了自己的位置。

队伍排得实在惭愧，因为太长，形成了一个大大的"S"形，好像一道漫长的绿色篱笆，被大风吹过，前拱后弯。依连长往常的性子，必得让解散了，重新集结。但这一回，连长的容忍度极好，犀利的目光像梳子，从队头刮到队尾，又从队尾刮到队头，仍是什么话也没有说。

我偷着往四处瞧了瞧，好朋友都彼此隔得很远，大家是一片茫然，不知道连长玩的什么把戏。

连长调整了一下自己的位置，主要是大踏步地向后面退去，然后立定。他像一个等边三角形的顶点，在远远的地方，严峻地注视着我们。他那双猎鹰般的眼睛，睁得很大。

待他看到队伍自发地调整为笔直以后，温和地发布了第一道口令：单双数，报数！

每个女孩子都竭尽全力把数字报得很响，记得我是"二"。说句实在话，我不喜欢"二"，比较爱好的是"一"。报一的时候，嘴咧得很开，音波清脆嘹亮，好像时刻在微笑。报二就不同了，上下唇基本不动，喉咙里发出古怪的一声，好像吃多了白薯，打嗝儿似的。想想看吧，古代的故事里，老大总是勤劳勇敢的，老二多半又懒又馋。

唯一可以安慰自己的是，我听到河莲、小如和果平，报的数也都是偶数。人嘛，只要有和自己同命运的好朋友，就有了安慰。

大家注意，听我的口令，偶数——向前——一步——走！连长拖长了嗓门儿，发布新的口令。

于是，大约有一百个女孩向前迈出一步。这样，操场上就有了两条彼此等长的队伍，像一个巨大的等号。

大家都不知道连长葫芦里卖的什么药，充满人的操场显出了异样的安静，好像一片旷野。

连长又让我们继续报数。他稍微变了一下方式，不再是把我们分成一、二两组，而是让大家一五一十地报，然后命令逢五逢十的人向前迈一大步，好像农村赶集时挑选的日子。这时迈出向前的人显著少了，好像间过苗的庄稼，又被田鼠吃了一些秧苗，隔好远才稀稀拉拉有一个人。

人们越发莫名其妙，连长当然不做任何解释。他按照自己的预定方针，继续发布命令，让站在队伍最前列的那排人，按一定规律报数，然后命令逢到某个特定号码的人向前迈步……几番操作下来，剩下的人越来越少，大家的好奇心也越来越强烈了。

现在，站在最前列的只有五个女孩子了。我很想看看都是谁，可是不行。连长的目光像探照灯一样盯着我们，只要你稍微拧一下脖子，立刻就会被他发现。

连长走到我们面前，对着我们五个人，也对着操场上所有的女兵说，现在我宣布，站在最前列的这五名，光荣地被选为第一批奔赴西藏阿里的女战士。这是她们的光荣，也是我们所有人的荣耀。让我们以热烈的掌声，欢送她们走上共和国最高的国土……

掌声暴风雨般地响起来，缠绕我们许久的问号，就被连长用这样宿命的方式，三下五除二地解决了。

连长接着用毫无感情色彩的语调，念出其余人的分配名单，对谁都是一视同仁。

直到这时，我才有胆量偷偷斜了旁边一眼，哈！果平、小如、河莲都和我并排站着，还有一个瘦弱的小姑娘，站在队伍的尾巴上，她叫苏鹿鹿。

和朋友们在一起的狂喜，冲散了我不愿当卫生员的愁云。况且，我也想通了，即使我不被分配到西藏去，也很难保证能当上海燕。听天由命吧，也许我的命里注定，必须要在工作中见到许多呻吟的人。不管怎么说，就算上班的时候愁眉苦脸，下班以后可以和伙伴们开心一乐，也该知足啊。

解散以后，大家立刻把我们几个围起来，充满好奇之情，好像此刻的我们已和大家有了显著的不同。

我大叫，不要这样对我们虎视眈眈好不好？好像我们不是要到阿里去，是从阿里已经绕回一圈似的。

大家就笑起来说，毕竟你们是要到那么遥远的一个地方，仿佛去另一个星球。到了那里，千万记得要给我们写信啊。

我说，你们那么多人，我怎么写得过来？等我以后当了作家，写一本书，你们大家传着看吧。

大家就笑个不停，说这个家伙多么会吹牛啊。

连长走过来，大家的笑声立刻消失了，等着听他的指示。连长不看大家，单对我们五个说，现在，你们已经是西藏阿里边防部队医院的战士了，我们已经用电报通知了那里，那边工作很忙，要求你们立即上山。

我小声嘟囔了一声，为什么不用电话呢，那可比电报要快得多啊。

连长看着我，说，那里不通电话。我们只能用最简练的词句，把最多的内容用无线电波传递上去。

大家都不由自主地吐了吐舌头。连长并不理睬我们的惊讶，也不看大家，只是对着我们五个人说，上山的路途艰难而遥远，你们要做好充分的思想准备。为了领导方便，你们要选出一个班长来。

大家面面相觑。自当兵以来，凡事都是领导指定，今日为何民主起来？

河莲最先说出我们的心里话，选什么？连长看着谁合适，就让谁当呗！

一向说一不二的连长破天荒地缓缓说道，从现在开始，我已不再是你们的连长，你们已经完成了新兵的训练课目，就要走上工作岗位。希望你们能够记住这一段岁月，它是你们军旅生涯的开端。

大家的鼻子就有些酸，感觉到分手就在眼前。想想连长虽说严厉、偏心，但也有可敬可爱的地方。比如，这一次分配，就并没有利用自己手中的权力做什么特意安排。他宁可用一种概率的方法来决定大家的命运。

我们伤感了一会儿，才发觉班长的人选问题并没有随着心情的变化而解决。小如最先打破沉寂，说，我看就选小毕吧。

我吓得大喊，不同意！不同意！

大家齐刷刷地问我，为什么？

我说，谁不知道班长是军队里最小的官啊，当不当的，实在也说明不了是否进步。可吃苦在前，享受在后，身先士卒是第一位的。我这个人，从骨子里就比较怕苦怕累，要是有别人给我做了榜样，带领着我向前，基本上还算一个服从命令的兵。要是想让我冲锋在前地起到某种表率作用，实事求是地说，我做不到。

大伙儿看我这副不堪重任的样子，也就不勉强我。但总得有个班长啊，连长等得不耐烦了，直搓手掌。我说，我提个人，你们可不能说我有私心。好不好？

大家说，真啰唆。没人议论你，快提吧。

我说，刚才小如提名我当班长，现在我再提她，好像有点互相吹捧的意思。我可真的是出于公心地认为，小如是班长的合适人选。她温柔细心，组织纪律性强，关心爱护同志，还爱给别人洗衣服……

大家笑起来，说同意同意，就小如啦！

连长大手一挥，宣布说，奔赴西藏阿里的女兵班现在组建完成，还是由小毕担任临时班长。

走，到阿里去！我们五个女孩手拉起手。

上山了。

我们五个——小如、果平、河莲、鹿鹿和我，有幸成为西藏阿里的第一批女兵，开始向雪山之巅进发。

一个炎热的早晨，我们坐上了从平原到西藏去的军用大卡车。大车厢里载了许多麻袋，内装大米。坐在麻袋上，把脚像芭蕾舞演员一般竖起，插进麻袋的缝隙。汽车摇摇晃晃地在布满石子的路上向山上爬，像一只笨拙的绿毛龟。

人人脑袋上方，笼罩着一片绿色。不是天的颜色，是汽车篷布笼罩的效果。我们大呼憋死了，要求同行的老兵批准揭开这顶盖子，看看外面的风景。

透过篷布上的窟窿，你们尽管看，看个够。针尖大的窟窿能透过斗大的风。没听人说吗？眼皮是世界上最大的物件，你只要睁着眼，有什么看不到的？同行的老兵懒洋洋地说。他是下山治病的，听说病还没治好，工作紧张，要他上山，所以，他闷闷不乐，一副苦大仇深的样子。新兵连长把我们几个女兵交给他，委托照应，他好像不堪重负的毛驴，又被人强压了一捆柴火，愤愤地不爱理人。

我们只好像预备行窃的小偷一样，每人揪住篷布上的一个小孔，尽力向外张望。汽车颠簸着，大米麻袋不停地上下蹿动，好像一尊浑身长着硬颗粒的庞然大物，不甘心驮人，一有机会就想把我们从它背上掀下来。我被晃得肠胃错位，说，一会儿你们谁帮我一下？我打算改造一下座位，用几袋大米摞成沙发模样，虽说硌屁股，肯定比现在舒服得多。

同病相怜的女兵们精神一振，都说我主意不错。

胡说！老兵斥我。

怎么啦？我不服气。

你找死啊！上山的路，奇险无比，咱是摸着阎王鼻子走钢丝，你还想舒服？到时候一个急转弯，你的麻袋沙发砸下来，屁股倒是不硌了，整个人成了米粉肉！老兵慢吞吞地说着刻毒的话。

想想也是。我讨了个没趣，只得乖乖地坐着重新张望。车外是一片青翠的原野，有薄荷样的清凉味道弥漫在裹着黄沙的空气中。

要走几天，才能到目的地啊？有人问。

大家都默不作声，车里能回答这个问题的，只有一个人。可是此刻他眯缝着眼，好像已经昏过去了。

要是没什么意外的话，也就是说，不翻车，不遇上暴风雪，司机不得急病，车子不抛锚……六天。过了好久，当我们对获知答案基本绝望的时候，老兵瓮声瓮气地回答。

天哪，要走那么远的路！那还不到外国啦？要是能快点就好了，到了我就能给我妈妈写信了。鹿鹿说。她是我们之中最小的，肯定想家了。

老兵突然睁开眼，说，车走得那么快，有什么好的？还是慢点好，抓紧时间，好好看看，好好闻闻吧。他说得很认真，像是在传授什么秘诀。

我们四处乱瞧，耸动鼻子，但除了山峦和扑面的尘土以外，没发现什么特别的好味道。只好请教他，你让我们看什么闻什么呢？

看地。闻气。老兵很简略地说。

地有什么好看的呢？每个人都在地上生活了十几年，地就像我们的身体，早就熟透了。现在我们巴望的是早早到陌生的高原上去。至于空气，不就是一种无色无味风一样流动的东西吗？它无时无刻不在陪伴着我们，鼻子里嘴巴里胸膛中都充满了它，从我们一出生就与之相伴了。

不得要领，只得继续请教傲慢的老兵。老兵这一回很健谈，好像一直在等着教育我们的机会，马上就要开始爬山了，当然，是汽车在爬，不是我们爬。但是都一样，你会觉得路在我们面前立起来，汽车像个铁猴子攀登。爬得高了，氧气就慢慢稀薄了，好像空气和冰雪有不共戴天的仇恨，雪多的地方，空气就越来越少。

空气少了，是一种什么滋味呢？是不是就像感冒时，鼻子里堵满了鼻涕的感觉？大家纷纷议论。

不是那么回事。比起来，感冒就太舒服了。缺氧的感觉，就像有人掐住你的脖子，然后用鞭子赶着你在玻璃罩子里跑。你拼命张大了嘴呼吸，可是肺永远是空的……老兵若有所思地说。

这真是太可怕了。我们一个个煞白着脸，好像在听一个从地狱里回来的人讲旅游经历。

老兵是个很奇怪的人，当我们满不在乎的时候，他就吓唬我们。我们真的害怕了，他又变得大大咧咧。

我告诉你们一个治缺氧的好办法吧，百治百灵的……他很神秘地说。

啊，我知道的。一定是吸氧气了。鹿鹿的家里有从医的根底，抢先说道。

老兵有些泄气，但他很快恢复了指点江山的气概，说，你那是洋法子。荒山野岭的，到哪儿去找氧气筒？我说的是土方子，偏方治大病，你们知不知道？

我们怕他一生气，就不讲了，忙狠狠地瞪小鹿，齐声说，知道知道，偏方治大病。

老兵这才告诉我们，治缺氧最好的办法是——用背包带，喏，就是你们捆行李的那种，把自己的头紧紧地缠起来。记住，一定要用那根宽带子，窄的不管事。

我们目瞪口呆，果平第一个战战兢兢地说，那还不得把人勒死了？

老兵大不耐烦，说，我让你勒的是太阳穴那个位置，又没让你勒脖子，怎么就会死了！

大家想想也是，河莲说，是不是勒成日本浪人那副模样？

老兵说，日本浪人什么样，我没见过。反正这个法子治好了许多缺氧头痛的兵，信不信由你们。

我们赶快说，信信！

说话间，汽车马达发出很怪异的声响，好像是发动机得了肺炎，吭哧吭哧直咳嗽。老兵警觉地说，这就是开始爬达坂了。平原已经一去不复返。

我们从墨绿色的汽车篷布缝隙，注视着越退越远的平原，意识到一种巨大的变化就要出现了。

老兵谆谆告诫我们，今天到了兵站的时候，你们一定不可以跳下车就撒腿跑。因为身体根本不适应高原，你一剧烈活动，心脏的负担突然加重，它受不了，就罢工了。你就永远睡在第一个兵站了。

尽管老兵的口气很平稳，我们还是吓得不敢大口喘气。河莲似乎连笑也很节省气力，再不像往日那样哈哈个不停，只是小小地抿着嘴，好像旧时代的小姐。她不放心地说，如果背包带勒头不管事，怎么办呢？老兵很干脆地说，那就成烈士呗。阿里这地方就这点好，不管你是因为什么原因死的，只要牺牲在高原，就算是正经八百的烈士。说起来也有道理，要不是保家卫国，谁到这天边似的地方来呢。

我们都不想小小的年纪就成为烈士，因此，就很注意保养自己，大家话也不敢多说，软软地靠在大米袋子上，生怕一个微小的举动，消耗掉体内宝贵的氧气，悲惨地成了第一个用背包带勒头的人。

缺氧有一种轻度的麻醉作用，像喝了酒似的，晕晕乎乎。初次体验这种感觉的我们，以为它是晕车呢，并不在意。只是原来观看景色的眼皮，好像被糊了一层透明胶纸，你什么都可以看到，却觉得遥远而虚假。刚开始是冷漠地眯起眼帘，后来干脆昏昏欲睡，仿佛被人施了武林中的"麻骨松筋散"，大脑一片空白。

到啦到啦！老兵喊起来。

我们一惊，今天怎么过得这么快？老兵说，第一天登山的路，料到大伙儿都不习惯，特地安排得短些。以后甭想这么舒服了，晓行夜宿，早上摸着星星出兵站，晚上揣着月亮进兵站。对了，这还是在车子不闹脾气的好运气下。要是出了故障，另当别论，也许在冰达坂上蹲上个三天两宿，也正常。

老兵有个爱好，特别喜欢说不吉利的话，好像能从中感到极大的乐趣。

河莲撇撇嘴。那没说出来的话，我们都听到了——吓唬人呗！

老兵不傻，看出了我们的不以为然。他撩开篷布，一指兵站后面的小山，说，看到了吗？

兵站这个名字，很有点烽烟缭绕的边塞感，想象中该是庞大的屯兵之地，发生过"增兵减灶"之类的惊险故事。哪怕是军棋上的兵站，也有些不凡。谁一躲进去，就可避免炸弹的袭击。军长、司令也常常在内休养生息。可眼前的这几间低矮的小平房，冒着袅袅的炊烟，和普通的民居差不多，实在让人难以生出英武之感。至于兵站后面的小山，要不是老兵特意提示，根本就没人注意。一路上，这种貌不惊人的山梁，大约经过了几万座。

看到了。大家应付老兵说。

看到什么啦？老兵穷追不舍，好像诲人不倦的老师，课堂上提问没完成作业的差生。

看到一座普普通通的山。我们懒懒地答道。

谁让你们看山了？我让你们看的是山上的东西。老兵有些火了，脸皱得像汽车轮胎。

山上还有东西？我们很吃惊，幸好我们都是刚验过身体的新兵，视力绝对是雏鹰般敏锐，很快就看到了小山坡上的确有一些隆起的小土包，好像还有凋零的白花。

知道那是什么东西吗？坟。是一些像你们一样年轻、第一次上山的兵，没经验，觉得高原也没有什么了不起的，天是一样蓝，水是一样清。他们不听招呼，低估了高原的杀伤力。有人因为憋了一泡尿，下了车就跑，啪，摔倒了，再也没起来，永远留在高原上了。从今天开始，你们在上山的每一个兵站后面，都会看到一片铺满白雪的墓地。今天才是高原的边角，雪山的第一级台阶。假如你们要想在高原上活下去，必须对高原毕恭毕敬。你瞧不起它，它就让你拿命来向它赔不是。记住了吗？老兵这一席话，说得我们开始对他佩服得五体投地。

老兵率先下了车，铁拐李似的，走得极慢。我们按照他的样子，像旧社会的小脚女人，一步迈不了三寸。

西部夜幕落得晚，这天行程也短，此刻太阳在很高的山上悬挂着，像一只金羽毛的火鸟，灿烂而冷漠。果平说，啊，我对高原的第一个感觉是寂静，第二个感觉是寒冷，第三个感觉是空旷，第四个感觉是……

老兵不屑地说，这里才三千多米，你就那么多的感觉。要是到了阿里，足有六千多米，你还不得弄个十来八条的感觉，累不累啊？

果平仿佛被人塞了一脖子雪，立时没了说话的情绪。我们慢慢走到食堂，默不作声地开始吃饭。

主食是大米饭，菜肴因为一下来了这么多人，兵站措手不及，不及准备，就倒了半盆酱油，说用这个拌米饭，很好吃的。

我心说，这玩意儿黑不溜秋咸不拉唧的，倒在米饭里，能咽得下去吗？

嘿！真奇怪，舌头一上了高原，好像也发生了奇妙的变化，竟然完全分辨不出食物的味道。米饭吃到嘴里，像一粒粒长着刺的锯末。酱油汁把米饭渗透到发红发黑的地步，也不觉咸，好像搅拌进去的是一种无味的特殊颜料。不过，胃比舌头可捣蛋多了，刚吃第一口，就想吐。

看我们眉头紧锁不动筷子，老兵大口咽着饭说，知道了吧，这就是高原的厉害了。它会变魔术。从现在开始，你们要放弃在平原上的许多怪毛病。吃东西，不是为了舌头，而是为了肚子，为了脑袋，为了胳膊腿……一句话，为了能在高原上好好地活下去，你必须得吃。别理舌头那个家伙，听它的，你什么也不想吃。更别理胃那个软溜溜的没骨气的玩意儿，它想吐，你愣吃，它也没法，吃进去就是胜利。

我们像吃毒药似的，每人填了半碗饭。甭管老兵怎么用眼光督战，还是义无反顾地撤离饭桌，到各自房间睡觉。躺进冷硬如铁的被子时，我最后一个动作是看了看宽背包带放在哪儿。

咳，也不知道明天早上，我还会不会在阳光下醒来？要是就这样"烈士"了，倒也不算太难受。我想着，很快睡着了。

第二天起来的时候，没什么独特的倒霉感觉，我甚至都有点失望了，高原不过如此。

但很快，我就知道自己小瞧了高原。它用大智若愚的绵长内力，慢慢地持久地消耗着我们，当到达海拔五千多米的界山达坂时，猛地一变脸，发动了全面的攻击。

胸腔里吸进的好像不再是空气，而是一种黏糊糊的金属，沉重而压抑。肋骨好像变成了八腕足章鱼，紧紧地箍着肺，让它没法像平日那般自由扩张。脑袋里装满了打火石，摇一下就金星乱冒。眼珠子胀得难受，恨不能把它抠出来，用冰凉的雪水擦擦四周，再安回狭小的眼眶。每个人都嘴唇青紫，好像刚刚吃完玫瑰香葡萄，葡萄皮没吐干净。

恰好这时，由于海拔太高，气压太低，汽车也犯了高原病，水箱开锅了，呼呼直冒热气，像个火车头。司机只好停车，到远处去背雪，赶快给发高烧的汽车降温，让它歇息一会儿才可继续赶路。

我们像些八十岁的老婆婆，颤颤巍巍地爬下车。虽然一上一下又要消耗不少体力，喘似多年的老气管炎病人，我们还是要站在雪地上透透风。

无垠的雪原环绕着我们。五个女孩互相搀扶着，站在巨大的高原中央，惊讶它无比的美丽和壮观。天蓝得让人误以为是深不可测的海底，一朵白云像沉睡千年的珊瑚礁，凝然不动地沉没在空中，喜马拉雅鹰像热带鱼一般翩翩而过，黑翅掀起的气流，使山影像浸在水里的绸缎般抖动不止。陡峭的山峰戴着白雪的桂冠，安然地屹立着，好像在打坐，思索着人世间的难题。在偏戴着的帽子顶端，镶着钻石般的冰川，阳光照耀下，折射出的无数根银线，几乎要把人的双眼刺瞎。精灵般的野马，用花瓣一样的蹄子，把山石敲打出紫色的火星，似岚气顺着山脊蜿蜒攀升，只把一条乱甩的尾巴，留在跟踪它的眼光里……

我们呆呆地看着，缺氧使我们变傻，恍惚间觉得自己到了月亮背面，虽然极端荒凉，但美得令人不可思议。

果平掐掐自己的腮帮子，说，咦，我怎么不觉得疼？这是在梦里吧？

河莲很有经验地说，因为太冷，你脸上的肉都变成木板了，所以感觉不出疼。你可换种方式，比如用牙咬咬舌头，狠一点，才会见效果。

果平"呸"了她一口说，我宁愿相信自己是到了火星，也不愿把舌头咬出血。

河莲做出很无辜的样子说，我在脑子缺氧的情况下，还替你想出这样有效的办法，而你，真是不识好人心！

什么事都怕说，本来每个人都头痛欲裂，以为别人没感觉，就不好意思呻吟叫唤。现在有人开了头，大家就同仇敌忾地叫起苦来。

鹿鹿的头上早已绑了背包带，因为用力过大，额头勒得像个细腰葫芦，嘴巴被扯到耳朵根，好像她无时无刻不在嘲笑谁。她说，还偏方治大病呢，我的脑袋都捆成炸药包了，一点用也没有。

果平说，真想把肺从肚子里掏出来，邮寄到平原去，让家里人给灌饱了氧气，再寄回来。

河莲说，那可得挂号。要是万一寄丢了，你不就成了有心没肺的人了？

沉稳的小如说，我有一个设想……

大家就都很感兴趣地凑过来，要知道在这里冒出来的设想，很有可能是世界上最高级的。别的地方海拔哪儿有这么高！

小如说，我想制造一种氧气压缩片。小小的，白白的，很洁净的样子。含在嘴里，甜甜的，用舌头一抿，就有清凉的氧气从牙缝中源源不断地冒出来。呼吸到肺里，肺就像海上的风帆一般，张开来，像白蝴蝶一样，所有缺氧的难受就都消失了。

我们听着，都无限神往地舔着嘴唇……可惜啊，嘴里翻腾的都是昨晚上的酱油泡米饭滋味，小如的氧气压缩片只是一个梦。

老兵不知道什么时候走了过来，听了我们的谈话，说，氧气可以压缩到瓶子里，关键时刻真的能救命呢。压成片，没听说过。就是能行，也不能做。太危险了。比如，你兜里装了许多氧气片，要是经过炉子旁边，会呼的一下烧起来，爆炸起火……

我们掐着自己的太阳穴，困难地思索着老兵的话，在高原上，神经的传导也像蜗牛一般磨蹭。半晌之后，我们在心里强烈地反驳他：老兵，你也太没点想象力了。难道不能在氧气压缩片的外面，裹上一层保护用的红色糖衣，让它像巧克力豆一般美丽吗？揣着它穿过火焰的时候，至多是外皮有一点发黏，并不会影响使用。需要的时候含在嘴里，轻微的香甜过去之后，糖衣化完，就一定会有带着薄荷味儿的氧气，像雨后森林的风一般，源源涌出。

抵达阿里，我们受到了热烈的欢迎。头几天，领导上照顾我们，说是不安排工作，让安心休息以适应高原。我们住在医院最暖和的房子里，清闲得像一群公主。

一天早上，我走出房门，突然看到一个奇怪的庞然大物卧在雪地上，目光炯炯地面对着我。它眼若铜铃，身披长毛，威风凛凛地凝视远方，丝毫也不把寒冷放在心上，好像身下不是皑皑的白雪，而是温暖的丝绵。它一动也不动，仿佛一堵古老残破的褐色城墙。长而弯曲的犄角，散发着不可抗拒的威严。

天哪！这是什么？我小声喊道。原本是想大叫的，只是突然想到若是一下子惊动了这猛兽，它还不得用舌头把我卷上天空，然后掉下来摔成一摊肉泥！声音就在喉咙里飞快地缩小，最后成了恐惧的嘟囔。

声音虽弱，但受了惊吓的慌张劲儿还是成色十足。河莲一边用牙刷捅着腮帮子，一边吐着泡沫从屋里走出来说，一大清早，你瞎叫什么呀？好像撞见了鬼？

我战战兢兢地指给她看，说，比鬼可怕多了。鬼是轻飘飘的，可它比一百个鬼都有劲儿！

河莲顺着我的手指看去，眼光触到怪物，大叫了一声，哎哟，我的妈呀，肯定是牛魔王闯到咱们家来啦！说罢，吐着牙膏沫子逃向别处。

本来我想河莲会给我壮个胆，没想到她临阵脱逃。我偷着瞅了一眼怪物，只见它的大眼睛很温驯地瞄着我们的小屋，并没有露出恼火的神色。过了半天，它沉重地眨了一下眼皮，就又悠然自得地注视远方去了。

我屏住气，悄悄地走近它。只见它浑身上下都是尺把长的棕黑毛，好像裹着一件硕大的蓑衣，连海碗大的蹄子上方也长满了毛，像毛靴一样把自己保护得严严实实，难怪它对酷寒无动于衷，没准儿觉得像乘凉一般舒服呢。连它的尾巴也不同寻常，不似水牛、黄牛的，只是小小的一绺儿，在屁股后面抽抽打打地赶蚊蝇，好像苍蝇拍一样。这家伙的尾巴是蓬蓬松松的一大把，好像一只同样颜色的小松鼠顽皮地蹲在它身后。我正看得带劲儿，它突然不耐烦起来，挺起胸膛，大大地张开嘴巴，我看到雪白的牙齿和红红的舌头，一股淡黄色的热气喷涌而出，好像它的嘴巴是一个即将爆发的火山口……

更可怕的事还在后面，从它粗大得像水桶一般的喉咙里，发出了震撼山峦的吼叫。

我被这叫声吓呆了，不仅仅是因为它的声音大，像它这么大的体积，吼声震天是意料中的事。令人惊异的是它的叫声太像猪了，好像宇宙间有一大群猪八戒，接受了统一的口令，齐声高歌。

我看着发出猪叫的怪物，它也很得意地看着我，好像在说，对，就是我在叫。怎么样啊？真正的猪也没我叫得像吧？

震耳欲聋的猪叫声把老蓝给引出来了。老蓝是医院里最老的医生，有一种爷爷的风度。他一看我和怪物对峙的局面，忙打了一声奇怪的呼哨。那怪物好像听到了同伴的召唤，慢慢爬起来，恋恋不舍地看了我们一眼，向远处的深山走去。

老蓝说，你这个女娃胆忒大，知道它是什么吗？

我说，知道。它是野猪。

老蓝说，错啦！它要是野猪，你还能安安生生地在这儿跟我耍贫嘴？它是牦牛！

我说，野牦牛？

老蓝说，它是家牦牛，你没看它挺和气的，我一发出牧人的信号，它就找自己的伙伴去了？野牦牛的脾气要比它大得多，一不高兴，就会用犄角把你的肚子顶出两个透明的窟窿。

我说，老蓝你没搞错吧？它的叫声分明是猪啊。我小的时候，在我姥姥家住过，猪圈就在窗户根底下，每天不是公鸡打鸣报告天亮，而是猪像闹钟一样准时把我叫醒。我可以证明，我们平常说猪是懒惰的动物，真是冤枉了它。猪是很勤快的，起得可早了……

老蓝不耐烦地打断了我的啰唆，说我在西藏喝过的雪水，比你过的河都多。你看见过长角的猪吗？

我一下子傻了眼。是啊，古今中外，还真没听说过猪长角。

老蓝说，牦牛是一种特殊的牛，老在寒冷的高原住着，它们身上的毛就越长越长，恨不能拖拉到地上，变成一件毛大氅。它的叫声像猪，老乡就给它起了一个好听的小名，叫作"猪声牛"，其实，它和猪没有一点关系，是地地道道的牛科反刍动物。别看牦牛长得挺吓人，其实，它的脾气最好，而且特别能吃苦耐劳。早年间西藏没有公路不通汽车的时候，牦牛就是最主要的运输工具，被人赞为"高原之舟"，和骆驼属一个级别的。牦牛奶也很好喝，颜色是淡黄的，营养价值特别高。牦牛的肉也很好吃，因为它经常跋山涉水的，瘦肉多，一点也不腻。它的毛非常结实，细的可以用来纺线织牦牛绒的衣服，暖和极了。粗的毛可以搓绳子，擀毡，制帐篷……牦牛简直浑身都是宝。对了，它的油更是好东西，能打出上好的酥油茶，那个香啊……还有牦牛血，提神壮胆……

老蓝说得得意起来，有滋有味地咂摸着，好像酥油茶抹了一嘴唇。

我刚开始听得很起劲儿，到了后来，忍不住说，老蓝，你怎么老说吃牦牛的事啊，都是高原上的生物，多不容易啊，为什么不让牦牛越养越多，漫山遍野？

老蓝说，你这个女娃的想法怪。牦牛养得太多了，你让它们吃什么？高原上只有很少的地方能长草，牦牛的舌头一舔过去，地上就秃了。

想想也是，我只好为牦牛的命运叹了一口气。

这时河莲走来，说，那个可怕的家伙跑了？

我说，河莲，如果发生了战争，我断定你是个叛徒。

河莲说，你可冤枉了我！你以为老蓝是自发来的吗？那是我呼叫来的援军，我陪着你死守有什么用？还是老高原有办法。这是机动灵活的战略战术啊！

老蓝趁我们俩斗嘴的工夫，回到自己的房间。当他再次出现的时候，手里多了一柄雪白的拂尘。它长丝垂地，根根都像精心锻造的银线，笔直刚硬，拂动晨风，令人有飘飘欲仙之感。

我和河莲看傻了，觉得老蓝一下子变成了观音菩萨的化身，手持拂尘，仙风道骨，超然脱俗。

老蓝当然还是那个倔老头儿的模样，关键是他手中的那柄拂尘，像精彩的道具，让老蓝摇身一变，使人耳目一新。

您这个东西是干什么用的？河莲问。

老蓝得意地一挥拂尘，轻盈地旋转了一下，原先聚在一起的银丝，就像一把白绸伞，缓缓地张开了翅膀，绽成一朵白莲花，在初升的太阳照耀下，晶莹剔透，神奇极了。

我和河莲还没来得及表达惊叹，老蓝就把这美丽的白伞高高举起，重重地抽在自己身上，于是，一股黄烟从老蓝油脂麻花的棉袄上腾起，好像在他身上爆炸了一颗手榴弹。高原上的风沙大，大家都是"满面尘灰烟火色"，衣服更成了沙尘的大本营。这柄拂尘好像鸡毛掸子，把灰沙从衣服布丝的缝隙里驱赶出来，抖在空气中，化成呛人的气流，随着寒风远去。老蓝用短短的胳膊挥着长长的银丝，围着自己圆柱形的身体，反复抽打着，直到把浑身打扫得如同河滩上一块干净的鹅卵石。

老蓝表演结束后，看着我们说，怎么样？

这是从哪儿搞来的？河莲不理老蓝的问话，追问感兴趣的话题。

老蓝说，是牦牛的尾巴啊。

我和河莲惊得几乎跳起来，说，牦牛的尾巴能做拂尘？

老蓝说，正是。你们不是亲眼见了吗！

我们又问，哪里有白牦牛啊？

老蓝得意起来，说，白牦牛就像白蛇白猿一样，非常稀少。我在西藏多年，只碰见过一头白牦牛，浑身上下像是雪捏的。

你就把它的尾巴活活给割下来了？我战战兢兢地说。

不是我给割下来的。是我让牧民在这头牦牛老死的时候，把它的尾巴给我留下来，做个纪念。老蓝很认真地更正。

我从老蓝手里接过牦牛尾巴做成的拂尘，它仿佛有神奇的法力，扑打出那么多的灰尘，自己还是洁白如雪。想到它曾是一头巨大生物的尾巴，每一根银丝都好像具有灵性，在阳光下抖得像琴弦，我不禁肃然起敬。

我央告老蓝，你去对牧民说说，让他们也送我一条牦牛尾巴。

老蓝说，一个女娃，勤洗着点衣服，身上哪有那么多土？实在脏了，找条手巾拍打拍打就是。一头牦牛只有一条尾巴，拂尘，难搞着呢。

我说，我不是要拿它掸土，是要把它挂在墙上。

老蓝说，干啥？当画？

我说，留个纪念。以后我回了家，会指着它对别人说，知道这是什么吗？它是牦牛啊！一个尾巴就这样震撼人心，要是整个现出原形，庞大得会让你腿肚子朝前。

老蓝说，你这么一说，我这个白牦牛尾巴也不用它掸土了。牦牛毛虽然很结实，也是掉一根少一根。掸土时再精心，也免不了伤了它。从今往后，我就把这牦牛尾巴当宝贝藏起来。探亲的时候拿出来，人家还以为我是从南海观音那儿借来的呢！

河莲一撇嘴说，谁那么傻！仔细闻闻，您这个掸子，牛毛味儿大着呢！

老蓝听了，真就把牦牛尾巴托到鼻子跟前，像猎犬那样闻个不止。我和河莲哈哈大笑起来，因为雪白长须挂在他的下巴上，太像唱戏的老生了。

老蓝说，嗯，是有点膻气。怪我当时洗得不干净。

河莲凑过去说，老蓝，我给你再洗洗怎么样？用我洗头发使的胰子，保证让您的牦牛尾巴从此香得跟茉莉花似的。

老蓝摆手说，那倒不必，东西还是天然味儿的好。你这个女娃心眼儿多，手脚勤快。不过，我看你是个无利不起早的人，说吧，有什么要求我办的事？

河莲说，老蓝你真是火眼金睛，怎么一下就把我看穿了呢？我要办的事一点也不复杂，就是你给小毕搞牦牛尾巴的时候，顺便给我也剂下一绺儿。

我说，河莲，你怎么抢我的？

河莲说，不是抢，是分个二分之一到三分之一的，无伤大雅。

我说，我的牦牛尾巴被你砍去一半，只剩下电话线粗细的一小撮儿，成什么样子？人家没准儿以为是马尾巴呢！

河莲说，那就叫老蓝多给我们弄些就是了。

老蓝气得说，谁答应你们啦？还闹起分赃不均！

我们又赶快哄他说，咱们换工吧。你若是给我们搞来了牦牛尾巴，我们就给你洗衣服。

老蓝脸色像夏天的雪山，有了一丝暖气，说，那好吧。一根牦牛尾巴合一件衣服。

我和河莲大惊失色，说老蓝你太黑！一柄拂尘少说也有几千根牦牛毛，这样洗下去，十个手指头还不搓得露出骨头来！

老蓝微笑着说，我的意思是，我给你们每人一柄拂尘，你们只需为我洗一件衣服即可。

我很惭愧，觉得自己以小人之心度君子之腹。河莲到底深谋远虑，说您让我们洗的那件衣服，该不会是皮大衣吧？

老蓝说，普通的外衣，就是脖领上的油泥稍厚了些。

事情就这么说定了。老蓝是个说话算话的人，当我们催他把外衣赶快送来时，他总是不好意思地说，牦牛尾巴还没搞到，还是以物易物好，我不喜欢拖欠。

一天，老蓝提着麻袋来了，往地上一倒，一团黑白夹杂的毛发滚到地上。河莲说，天哪，简直像谋杀案里的人头。

老蓝说，这就是牦牛尾巴，剩下的事我就不管了，你们俩自己分吧，互相谦让着点，别打起来。

河莲说，老蓝你没有搞错吧，这团毛黑白相间像围棋子似的，是牦牛尾还是荷兰黑白花的奶牛尾巴？

老蓝说，你想得美！娇气的荷兰奶牛若还能在这海拔五千米的高原活着，挤出的就不是牛奶，而是牛骨髓了。这是地地道道的牦牛尾。

河莲说，那为什么不是白的？

老蓝说，我不是跟你们讲过了吗，纯白牦牛极其少见，这种黑白交叉的也不多，算稀有品种呢。最大路的货是褐色的，还有黑的，没掸灰呢就显出脏，不好看。

我们只得谢谢他，然后自己开始洗涤和分割牦牛尾巴。

先用清水泡，再用碱水反复搓洗，最后用洗发膏加工，在阳光下晾干。直到抖开时每一根尾丝都滑如琴弦，柔顺地搭在我们的胳膊上，像一道奇特的瀑布。

河莲说，它黑的黑、白的白，好似中老年人的头发。虽说是珍稀品种，终是不大好看。我想，咱们能不能把黑白两色分开，一个人专要黑的，另一人专要白的。要知道有一句谚语说，单纯就是美。

我晓得河莲是很有谋略的，赶忙先下手为强说，那我要白的，你要黑的。

河莲说，我想出的主意，却被你占了先。好吧，谁让我年纪比你大呢，让你一回吧。

我们于是找来外科专用的有齿镊子，一根根地从牦牛尾皮上往下拽毛。河莲把黑色的归成一堆，我把白色的拢在一起。尾毛长得很牢实，像一根根长针扎进皮里，拔起来挺费力气的。但是一想起我们每人将有一把纯色的拂尘，我们干得还是很起劲儿，一边干一边聊天。

你说人的头发，除了黑的白的以外，还有灰白的。牦牛尾毛要么油黑，要么雪白，怎么就没个中间色的呢？我说。

人的头发从黑变白，是渐渐老了呗。这头黑白相间的牦牛，是天生的，所以不变灰。河莲解释。

我说，这头牦牛并不老，就死了。想起这个，我心里有点难过。

河莲说，牦牛死了，尾巴留给我们。它的尾巴那么美丽地活着，它就没死。

我说，人死了以后，也该有点美丽的东西留在世上啊。

河莲说，是啊。我们一定要给人间留点什么，才不算白活过。

正说着，我突然发现了一个致命的问题——牦牛毛拔下来以后，我们有什么法子，再把它做成一柄拂尘？

普通的拂尘制作工艺很简单，把长着牛毛的尾皮，直接钉在一根木柄上，在木柄上画点花草，再涂上一层清漆，就大功告成了。可是脱离了皮的毛，怎么钉在木柄上？

也许在特殊的工厂里，可以把单根的毛发，用强力的胶水粘到布或皮革上。但在荒凉的高原，我们没有任何办法！

河莲捶胸顿足，懊悔自己智者千虑，有此一失。不过，她很快恢复了镇静，说，事已至此，我们只有一个办法。

我忙问，什么办法？

她一字一句地说，把所有揪下的尾毛，都扔了。

我说，这算什么办法呢？

河莲说，而且永远不对别人说。咱们实在太蠢了。

我们沿着狮泉河走，把撕下的牛尾毛，挽成两个大大的毛圈，抛进清澈的河水。它们像两位黑发与白发美女的遗物，打着旋儿漂荡着，半个环浸入水里，半个环挂满阳光和风，好像水下有两只巨手托举着它们，缓缓地浮沉，漂向远方。

由于失误，剩下的牦牛尾巴再裁成两份，就比较单薄了。我们只有在木柄上多下功夫，精心打磨，请了画画最好的人，为我们各画了一幅雪山风景。别人见了，都说我们的牦牛拂尘，小是小了一点，但十分精致。

心情总算好起来。河莲突然又叫道，糟了！

我摸着胸口说，河莲你别一惊一乍的，我算叫你吓怕了。又有什么糟糕事？

河莲说，我们俩的牦牛尾巴是来自同一条牦牛，不但颜色是一样的，连毛发的根数都几乎相等，木柄也是同一个人画的，除了咱们两个以外，别人怎么能分清哪个是你的、哪个是我的？

我说，哈！这算什么事啊。你忘了咱们俩有一个巨大的区别了？

河莲说，是什么？

我说，你家在南方，我家在北方，我们以后把牛尾拂尘挂在自己家的墙上，隔了十万八千里，哪里会弄混！

　　河莲说，我真是糊涂了。这世上是没有两头一模一样的牦牛的，像我们俩这种黑白相间的拂尘，注定也只有这两柄。以后，无论我们到了什么地方，都会记得这头牦牛，都会记得我们一起度过的时光。

头发和女孩有着不解的缘分。

果平梳的是长辫子，她的头发可真好，在被雪山冰川反射的强烈阳光下，会发出蓝缎子似的闪光，让人以为她在头发里偷偷抹了纯蓝钢笔水，秀发才能幻化出这样美丽的色彩，羡慕死人了。

小如人长得很甜，特别是右嘴角上方生着一个深深的酒窝，在她笑的时候，里面放一颗圆圆的药片，会妥帖地跟着她的笑容旋转，一定不会掉出来。可惜她的头发不争气，又稀又黄，好像大旱之年贫瘠山坡上的三类苗。

河莲的头发和她的长相一样，居中。就是说，不怎么好也不怎么坏，发质不黑也不黄，数目不多也不少，发际不高也不低，整个是沧海一粟芸芸众生的代表。

不过，除了女孩子自己，没人知道我们的头发是什么样。这是一个大大的秘密。当兵的人不能把头发露在帽子外面，好像那是一些见不得人的东西。军规要求把每一根头发都藏在军帽里面，据说是为了打仗时行动方便。我总想不通，打仗嘛，较量的是武器和智慧，关毛茸茸、乱蓬蓬的头发什么事？

我从小剪短发，关于头发的军规，对我的影响倒是不怎么严重，甚至还有好处。不管发型如何杂草丛生，只要把像个鸭蛋壳似的帽子往脑袋上一扣，就像罩上了变魔术的黑斗篷，没人知道里面是啥货色。你尽可以瞒天过海地三天不梳头，让头发自由自在地乱成鸟窝。当然啦，你要在帽子的边缘下些功夫，尽可能地把所有不听指挥、张牙舞爪预备伺机蹿出帽圈的发丝严格围困起来，使它们不得擅自行动。这个过程说起来简单，真正做起来有一定难度。短发不易将整个帽子填满，虚虚囊囊的空帽袋，就像装泡沫塑料的盒子，一遇大风，很容易飞走。

帽子被刮跑，真是一件可怕的事情。灾难在眨眼间降临，根本没有任何先兆，仿佛空气中有一根魔杖，轻轻一挑，久存反叛之心的帽子，就像优秀的三级跳远选手，听到了比赛的口令，兴奋而轻盈地一跃，嗖的一个腾挪就蹦上了屋檐的高度。它还算讲义气，略微停留一下，转过身来看你一眼，算是和往日的主人依依不舍地告个别。接下来的动作就是跃上云端，像风筝一般义无反顾地向着蓝天飞去，寻找无拘无束的自由去了。最后一个姿势简直优美绝伦，腾云驾雾地在半空中翻着跟头，飞快地旋转着，越来越远，越来越小，像哪吒的风火轮，凝成一个黑点，消失在雪山背后。

这种干脆利索的丢失，还算痛快的。最可恨的是帽子和你逗着玩，并不是一开始就飞得无影无踪，好让你干脆死了心。它装作漫不经心地在地上散步，不急不缓，距离你始终只有一步之遥，诱你快步去追。

每次在胜利即将到手的一瞬，它仿佛被咒语保佑，猛地往旁一闪，打一个滚，灵巧地逃开了你的手指尖。你不灰心，继续追下去，帽子就像一个小偷，躲躲藏藏又机智无比，在你就要把它追捕归案的时候，旱地拔葱一跃而起，飘悠悠迂回到一侧，成功地躲避了缉拿。你若追得狠了，它干脆耍开了无赖，专往陡峭的山壁或险恶的河面上跑，滴溜溜地好似滚动的圆盘，让你眼睁睁地看着它逍遥法外，无可奈何。

司务长，我的帽子丢了。因为每人只有单、棉帽各一顶，丢了就没有替换的了，只好马上报告，以便补发。

帽子怎么又丢了？司务长不耐烦，这已是今天上午第三个要求补发帽子的女兵了。

叫大风刮跑了。小如如实汇报。今天外面的风特别大，山都给吹得摇晃起来了。小如补充说明，以求得司务长的同情。

司务长被补发帽子的申请搅得手忙脚乱，没好气儿地说，风大有什么稀奇的？这里一年只刮两次风。一次是从一月一号到六月三十号。下一次是从七月一号到十二月三十一号。别人都不怕，就你们这几个女兵事多，要是打起仗来，还不得把枪都丢了？被服库又不是你们家的小皮箱，丢了手心向上就领新的，你们倒方便！照这样下去，军需仓库就要底儿朝天啦！

要依我的性子，就得和司务长吵起来。我就说，哼！仓库也不是你们家开的，帽子是被风抢走的，你有本事，找风发脾气好了。

小如比我有涵养多了，她微微一笑，酒窝就在面颊上旋起来，缓缓地说，司务长，今天的风力足有十级，我们也没长飞毛腿，也不是会翻筋斗云的孙悟空,哪能追得上风啊?

司务长的脸色好看了一点,说,你们也太笨了,怎么连自己头上三寸之地的一顶帽子也看不住?

说得我们不好意思。想想也是,都是一样的人,怎么人家的帽子就服服帖帖地粘在脑瓜上,偏我们的帽子好像是属车轱辘的,总是跑个不停。直着身子挨完司务长的训,领了新帽子回到宿舍,小如一声不吭。

我说,还难过呢?我有法子报复这个爱耷拉驴脸的司务长。人吃五谷杂粮,我就不信他不生病。等他躺在床上的时候,就是你我的天下了。别看他现在闹得欢,那会儿就再逞不了强。让我们一齐诅咒他得一场不轻不重的病吧!咱们就可以板起脸,狠狠地训他一顿了。

我沉浸在想象的报复快乐里,几乎笑出了声,小如还是闷闷不乐的样子。我说,你到底怎么了?

小如说,我在想,为什么我们的帽子总爱丢?

河莲说,可能山爷爷是个帽子爱好者,头上光秃秃的怕感冒,自己想戴又没人发给它,它的脑袋太大了,只好把我们的帽子收了去救急。

我说,不对啊。山爷爷是个老头儿,可我们的帽子是女式的,岂不阴阳倒错?

小如茅塞顿开说,小毕,你说得太对了!

我大叫,哪儿太对了啊?我怎么一点也听不明白!

小如兴奋地比画着给我解释,男式帽子和女式帽子是有区别的。我们的帽子又浅又大,像一只浅浅的碟子倒扣在头发上,当然不牢靠,所以,很容易被山风卷走……

　　我打断她的话说，就算你搞得水落石出真相大白了也丝毫没用。被服厂不会为我们这几个雪线上的女孩子，特制出带胶水的抗风帽子。最好的办法就是以后看到司务长的时候多赔几个笑脸，只求下回训我们的时候嗓门儿小点，就阿弥陀佛了。

　　小如不再理我，埋头翻自己的包袱。战士一般没箱子，连手提袋也没有，所有的家当都储存在一块白布打起的包袱里，可在十五分钟内收拾好所有的东西，出发到地球上的任何一个角落。

　　我突然看见小如从包袱里掏出一枚黑黑亮亮的物件，细长如针。那时谁的包袱里有什么稀罕东西，大伙儿都了如指掌，这玩意儿却是我从来没注意到的，不由得好奇。待定睛一看，原来是一根发卡。小如把头发和帽子用发卡别在一起，固定在头上，帽子就像土里长出的蘑菇一般牢靠，再也不怕被山风掠去。

　　可惜只有小如有发卡，是她从平原来的时候，偶然放在包袱里的。别人就没有这样好的运气了。想去买吧，山上的商店根本料不到女孩子们还会有这种特殊遭遇，从来没备过这货色。于是大家纷纷给内地的亲人写信，让他们十万火急地寄黑发卡到高原。家里的人倒是关怀备至，行动很快，赶紧四处采办。那一段时间，我们格外关心军邮车上高原的日子，接到家信的第一个动作，是先隔着信封摸摸捏捏，看里面掖没掖着火柴梗粗细不折不弯的硬物。有了就高兴，没有就噘嘴，埋怨遥远的亲人太不拿我们的迫切要求当回事了。有一天，果平笑得前仰后合，慷慨地说要分给我们每人一包发卡，足够把头发和帽子钢铁般地焊在一起。因为她家给她寄来了一个包裹，包内有何物一栏里，赫然填写着：发卡。想想吧，整整一包发卡，那是怎样激动人心的事！足足够我们全体用一百年！迫不及待地拆开一看，大家顿时傻了眼，果平简直要哭出来。发卡美丽而脆弱，是塑料制成的。

本来黑发卡也不是什么稀罕物，便宜得一毛钱买一板。可那时有一位人物讲话说，妇女用的发卡是钢丝做的，一年要消耗多少吨钢……这句话以后，全国就不造钢丝发卡了，一律用塑料制品代替。也许在平原还可凑合，高原的严寒中，塑料如纸，一碰就碎，哪能担当把帽子和头发紧紧地别在一起的重大使命！

大家依旧愁眉苦脸，继续沉浸在帽子随时飞上天的恐惧中。只有小鹿的日子稍微好过一些，因为她妈妈把自己以前用过的旧发卡寄了来。拆开信的时候，发卡上还挂着一根头发，可以想见老母亲是多么匆忙地把发卡从自己头上拔了下来，以满足高山上的女儿。因为两代人用的时间太久，钢丝发卡上的黑漆都磨光了，露出银亮的本色。小鹿的帽檐边，远远看去，好像斜插着一根针。

小如看着小鹿，突然说，我有办法了。她跑到司务长那里，说我要领一包曲别针。司务长对所有要领东西的人都抱有戒心，他警惕地问，干什么用？

各部门司务长都是些婆婆妈妈的小气鬼，也不知他们是因为格外小气才当上了司务长，还是当上司务长才变得格外小气？反正这个职务有危险的传染性，能让所有坐这把交椅的人，都既吝啬又爱刨根问底。

小如不肯正面回答他，只是说，明天你就会看到这些曲别针干什么用了。

衣服的裁剪

司务长嘟囔着，用不完，可记得给我拿回来啊！

第二天，在高原的蓝天和白云下，每个女兵的帽子和头发间，都别了一枚崭新的曲别针，它"回"字形的轮廓，大部分别在发丝里，小部分露在帽子外，仿佛一种美丽绝伦的银饰，在雪域的阳光中，闪闪发亮。

山风依旧肆虐地逞凶，只是它再也无法把我们的帽子掳去，只得打着呼哨，愤愤地把远山的雪雾卷起来，从空中撒向峡谷。

高山的帽子，永远是皑皑的积雪。

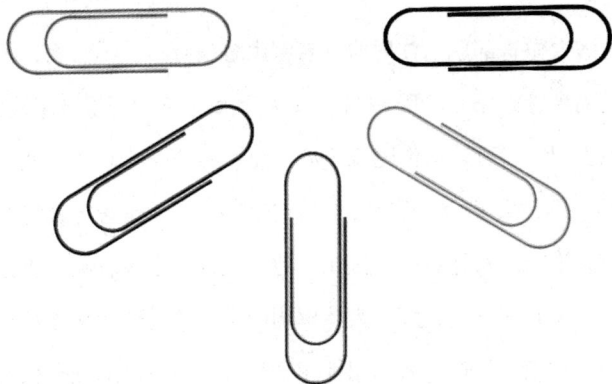

高原上的卫生员没有正规的课堂，几乎像小木匠学徒一样，由老医生手把手地教。医学这门学问，不太适合自学。你没法在病人身上做试验，基本上不允许反复的失败。你付出的是时间，就算辛苦点不在乎，但病人付出的是血和生命，没法一而再，再而三地让你演习。

为病人做臀部肌肉注射时，老医生总是叮嘱：小心啊，千万别把药打到坐骨神经上，万一打错了，病人就会一辈子下肢瘫痪！

想想吧，多可怕！你随意挥洒，几秒钟的一个动作，就让一个人永远站不起来了，吓不吓人？但这根绞索似的坐骨神经究竟在什么地方，谁知道？你去问老医生，他会说，书上写着呢，自己看去吧！可你翻开书一看，那张人体解剖图上，蛛网似的血管神经，画了几十上百条，好像一张军用地图。坐骨神经只是细细一根，从肌肉中央穿过。臀部——活人身体里这个每天牢牢坐在凳子上的大部位，在书上缩成了乒乓球般的一个简图，埋伏在其中的纤弱神经，

衣服的裁剪

头发丝一般，无法想象它的真实模样。更不用说在解剖图谱的下方，还一本正经地注释着：神经走向可有变异，本书仅供参考。

简直让你没法相信它。

老医生还形容说，万一把针戳到坐骨神经上，你会有竹扦子扎在粉条上的感觉，这时候悬崖勒马，虽说有损失，但还来得及弥补。所以，每次打针的时候，都要高度警惕。

我们紧追着问，那粉条是粗的还是细的？绿豆粉还是红薯粉？竹扦子是毛衣针那样的，还是穿糖葫芦那种竹棍？

老医生拉下脸来，说你们这帮女孩子怎么这么啰唆，不知道，不知道！医生的嘴、护士的腿，这种事问老护士去！

老护士的态度倒是不错，可惜只有他一个人碰到过类似的危险情况。他说，注射的时候，碰到病人像弹簧一般跳了起来，结果针头断在肉里面，幸好针只扎进去了一半，根部还像刺一样露在屁股外面。忙过来了几个人，把病人像犯人一样按住，赶快用止血钳揪着针尾，好歹把针拔了出来。他抚着胸口说，那一回，吓得我真魂出窍。

我们很感兴趣地问，是扎在坐骨神经上了吗？

老护士说，谁知道？也许是扎在病人的脑神经上了，要不他怎么会大叫一声蹦起来？

我们锲而不舍地追问，有竹扦子扎粉条的感觉吗？

老护士心有余悸地说，忘啦！忘啦！哪儿有那么复杂精细！不过，从那以后，我看见屁股就害怕，打针的时候，尽量往臀部的上方和外方打，那里似乎离坐骨神经最远。

我们趴在图谱上对照，发现老护士说的是一条真理。坐骨神经长得再怎么变异，也不会长到臀部的上外方去。那里像马路上的安全岛，是一个保险地带。

我们照方办理，而且不断发扬光大。直到有一天，老医生对我们说，我给病人开的医嘱是臀部肌肉注射，可你们把针戳到病人的腰眼上了。

我们引经据典地说，那儿没有坐骨神经。

老医生严厉起来，说，那儿有肋间神经！

我们也气起来，说，这神经那神经，谁知道神经是个啥玩意儿？总有一天，大家非要发神经！

老医生就愣在那儿，自己先发起神经来。

再比如说学习眼睛，老医生在墙上挂了一张彩色图，说是眼球的横剖面。就是说，用一把又薄又快的刀片，沿着眼球的横轴，向着颅骨方位切下，然后绘出图来。图倒是挺好看的，花花绿绿，最上面是一座弯弯的拱桥，好像苏州园林建筑。据说那就是虹膜。不过，拱桥下面可没有小巧的木船和长长的流水，是一团电线似的黄斑，按照图上的标志，那是视网膜最灵敏的区域。

我隔着眼皮按了按很有弹性的眼珠，对照着这张神秘莫测的图，实在想不通，滴溜溜圆的眼睛，怎么变成了一座五彩的拱桥。

我同老医生谈了自己的感想，他吹胡子瞪眼地说，你的几何一定不好，没有空间想象力。

我说，那你别让我当卫生员好了，我正不想干这个呢！爬电线杆子不需要空间想象力，本来就在空间里。

老医生被我呛得没话说，若有所思。

有一天，老医生对我们说，你们愿不愿意上一堂人世间最真实的解剖课？

我们齐叫，当然愿意。

老医生说，那就要不怕吃苦，不怕受累，不怕爬山，不怕血……

果平说，那是上课还是打仗？怎么比拉练还艰难？

老医生说，算你猜得对。我们就是要到高高的山上去解剖。说穿了，是一种简易的天葬。

我们说，你会天葬吗？

老医生说，我不会。现在情况特殊，天葬师都找不到了，无法实施正规的天葬，我可以通过解剖，达到和天葬同样的效果。我已经和病人的家属商量好了，由我安葬他们逝去的亲人，尽量达到天葬的效果，他们同意了。

我们战战兢兢地说，什么时间？

老医生一字千钧，说，明天。你们除了可以看到坐骨神经和眼球的构造，还可以看到真正的恶性肿瘤。

那一天晚上，我们都睡得很不安宁，总像有一双铺天盖地的灰色翅膀，毛茸茸地抚摸着我们的头顶。

早上起来，小如穿上高筒毡靴，戴着口罩，佩着风镜，从头武装到脚。河莲笑她，你这是上解剖课，还是去疫区作战？

小如说，这样，我的胆子就会大一些。

死者是一个牧羊人，得的病是肝癌。病故后，家属本着对解放军的高度信任，把亲人的遗体托付给金珠玛米[1]，由医生安排。家中活着的人，就赶着羊群向远方走去。老医生拿出一副担架，对我们说，把尸体抬到上面去。

我们七手八脚行动起来。逝者是一个五十岁上下的汉子，瘦骨嶙峋。我们把他从太平间请出来，安放在担架上，再把担架抬进解放牌大卡车车厢。

司机也是第一次执行这种奇特任务，说，开哪儿去？

老医生说，很简单，开到最高的山上去。

司机说，那可办不到。咱们这里最高的地方是喜马拉雅山，爬上去的人都是登山英雄，汽车绝对上不了。

老医生说，我的意思，是把车开到附近公路能够到达的最高海拔。

司机说，明白了。反正我就一直往前开，开到汽车不能走的地方，我就停下来。

担架蒙着白单子，很圣洁的样子。解放车车厢里的地方不算小，但中央摆了一副担架，剩下的地方也就不很宽敞了。我们拼命想离担架远一些，挤到大厢四角。但甭管怎么躲，与死人的距离也超不过两尺。我昨天还给这汉子化验过血，和他说着话，此刻他却静静地躺在那里，再也不会呼吸。随着车轮的每一次颠簸，他像一段木头，

---

[1] 藏语，解放军。

在白单子底下自由滚动。

汽车在蜿蜒的公路上盘旋，离山顶还有很远，路已到尽头。司机把车停下来说，四个轮子没办法了，剩下的路就靠你们的两个轮子了。我在这里等你们。

我们把担架抬下来，望着白云缭绕的山顶发愁。老医生说，两个人一组，共需四个人，你们还剩一人做替补，谁累了就换一下。我在前面做向导。好了，现在报名，你抬前架还是后架？

看着平放在地上的担架，我想想说，我抬后面吧。

这实在是利己的想法。想想吧，如果抬前架，一个死人头颅就在你身后不到半尺的地方，沉默地跟随着你，是不是有寒毛爹起的感觉？在后面虽然离死人的距离是一样的，但你的目光可以随时观察他的动作，心里毕竟安宁多了。

小如赶紧说，我和小毕在一起。

河莲勇敢，痛快地说，我抬前面。

还剩下小鹿和果平。果平说，小鹿你就当后备队吧，我和河莲并肩战斗。

分工已毕，小小的队伍开始向山头挺进。老医生走在最前面，负有重大使命，须决定哪座峰峦才是这白布下的灵魂最后的安歇之地。

在高海拔的地方，徒步行走都很吃力，更甭说抬着担架。幸好病人极瘦，我们攀登时费力稍轻。我们艰难地高擎担架，在交错的山岩上竭力保持平衡。尸体冰凉的脚趾，因为每一次的颠簸，隔着被单颤动不止。坚硬的指甲像啄木鸟的长嘴，不时敲着我和小如的面颊。小如拼命躲闪，连累得担架也歪了，病人的身体发生倾斜，她那个方向被啄得更多。倒是我这边听天由命，比较从容。

我们不敢有片刻的大意，紧盯着前面人的步伐。河莲和果平往东我也往东，她们往西我也往西。若是配合不默契，一失手，肝癌牧羊人就会从担架上滑下来，稳稳坐在我和小如的肩膀上。

山好高啊！河莲仰头望望说，我的天！再这样爬下去，你们干脆把我就地给天葬了算了。

果平也说，真想和担架上躺着的人换换位置哦。

小鹿说，我替换你们。

小如说，你也不是三头六臂，能把我们都换了吗？

我身为班长，在关键时刻得为民请命。抑制着喉头血的腥甜，对走在前头的老医生说，秃鹫已经在天上绕圈子了，再不把死人放下，会把我们都当成祭品的。

老医生沉着地说，你太看不起这些翱翔的喜马拉雅鹰了。鹰眼会在十公里以外，把死人和活人像白天和黑夜一般截然分开。只有到了最高的山上，才能让死者的灵魂飞翔。我们既然受人之托，切不可偷工减料。

只好继续爬啊爬……终于，到了高高的山上，一伸手就可以摸到天的眉毛。我们"嘭"的一声把担架放下，牧羊人差点从担架上跳起来。老医生把白单子掀开，把牧羊人铺在山顶的沙石上，如一块门板样周正，锋利的手术刀口流利地反射着阳光，簌然划下……他像拎土豆一般把布满肿瘤的肝脏提出腹腔，仔细地用皮尺量它的周径，用刀柄敲着肿物，倾听它核心处混沌的声响，一边惋惜地叹道，忘了把炊事班的秤拿来，这么大的癌块儿，罕见啊……

喜马拉雅鹰在我们头顶上愤怒地盘旋着，巨大的翅膀呼啸而过，扇起阳光的温热、峡谷的阴冷。牧羊人安然的面庞上，耳垂还留着我昨日化验时打下的针眼儿，粘着我贴上去的棉丝。因为病的折磨，他干枯得像一张纸。记得当时我把刺血针调到最轻薄的一挡，还是几乎将他的耳朵打穿。他的凝血机制已彻底崩溃，稀薄的血液像红线一般无休止地流淌……我使劲儿用棉球堵也无用，枕巾成了湿淋淋的红布。牧羊人看出我的无措，安宁地说，我身上红水很多，你尽管用小玻璃瓶灌去好了，我已用不着它……

注视着生命的短暂与无常，我在这一瞬，痛下决心，从此一生努力，珍爱生命。大家神情肃穆，也都和我一样，在惨烈的真实面前，感到生命的偶然与可贵。

好了，现在，我把坐骨神经解剖出来给你们看。老医生说着，将牧羊人翻转，把一根粗大的白色神经纤维从肉体里剔了出来。

看清楚了吗？他问。

看清楚了。我们连连点头。

还要看什么？老医生像一个服务态度很好的售货员，殷勤地招呼着顾客。

不，我们什么都不看了。我们异口同声地说。

好像我还记得，你们之中有谁说过，她不明白眼球的解剖？我现在可以演示给你们看。老医生说着，又把牧羊人翻过来。

我大叫道，是我说的。可是我现在已经明白了，非常清楚，我不需要您演示了。我们想回家。

是的。现在最想干的一件事，就是回家。我们迫不及待地说。

老医生狐疑地看着我们说，这个机会可是千载难逢。不过，既然你们全都懂了，我就不给你们详细讲了。现在，请你们慢慢往山下走吧。

我们说，你呢？

他说，我要留在这里，把牧羊人分成许多部分，让喜马拉雅鹰把他带到云中去。那是他们信仰的灵魂居住的地方。

我们说，你害怕吗？

老医生很沉着地说，为什么要害怕呢？我这是在做善事啊。包括让你们看这些解剖的场面，你们一定觉得很残酷，其实，一个好的医生，必须精确地了解人体的构造，这才是对生命的爱护。不然，你看起来好像很仁慈，因为稀里糊涂一知半解，就会给人看错了病，耽误了病情，那才是最大的残忍呢。

我们除了点头，再说不出别的话。

我下决心问道，人的眼睛和别的动物的眼睛，是一样的吗？

老医生说，从理论上讲，哺乳动物的眼睛结构都是一样的。这话什么意思？

我说，哦，没什么意思。随便问问。

听了老医生的话，我虽然从道理上明白了，在尸体上学习解剖，是正义、正当的事业，但我还是无法在牧羊人的眼球上，进行学习研究。他曾经那么信任地注视过我，用的就是这双眼睛，我不忍心看到它破碎。还是以后找机会，在一只牛眼上学习吧。

我们走了。不敢往身后看。巨大的鹰群从我们头顶俯冲而下，好像巨型轰炸机。

小鹿对我说，你知道我今天最大的感想是什么？

我说，你看着我们累得不行，自己却躲了清闲，一定在暗中偷偷乐吧？

小鹿说，班长，别开玩笑。也许因为你们一直是在负重行军，所以就来不及想更多的事情。我空着手走路，想得就格外多些。

小鹿附在我的耳边悄声说，我想的是，生命真好，活着真好，年轻真好。

阿里的军人照相，只有等待一个机会，就是高原服务队上山的日子。山下的人们会在高原最温和的季节，临时组织起一支慰问的队伍。十几个人，文武都有。文的指的是文工团员带来几个小节目，边防哨卡巡回演出。武的是一部浑身散发热气的洗澡车，它呼哧呼哧开到哪儿，汲水烧锅，那里的人就可以洗上一次热水澡。但是，看节目的时候虽然开心，节目看完，也就忘了。洗澡当时舒服，过一段时间，身上又脏起来。最受人欢迎的，还要数服务队的摄影师。

摄影师通常是两个男人，一个老一个年轻。不知人员配备时出于何种考虑，大概是想老摄影师有经验，但是身体可能顶不住，年轻人可以扛机器，多干点力气活儿，有取长补短、前赴后继的意思。

一天，果平对我说，高原工作队上山来了，里头有一位老资格的摄影师，助手是个机灵的小伙子。

我说，情报这么准，是不是已经偷着去照了一张？

果平大叫冤枉，说摄影师一天只能照五十个人，每人只限两张。

大家得排着队来，轮到谁会通知，别的人一律原地待命。

我说，那我们这拨儿排在何时？

果平丧气地说，据我所知，大约是三个月后。

我灰心丧气地说，那么久！我都成老太太了。

可是有什么法子呢！等着吧。在那以后的日子里，你要是看到哪个人一边走，一边偷着看什么，不时地捂着嘴乐，一见别人注意他，马上若无其事一本正经起来，飞快地把什么东西藏进兜里……不用猜，他一定是刚从摄影师那里，取回了自己的照片。

我们掐着手指头，计算着轮到我们留影的日子。不料传来的都是坏消息，先是摄影师每天拍摄的人数不断减少，好像一支行动迟缓、作风稀拉的队伍，在玩"增兵减灶"的游戏。摄影师刚开始解释，说是为了保障每人的形象都笑容可掬，照得不好的，比如愁眉苦脸、眨了眼成了瞎子的等等，都要返工，所以耽误了时间。大家刚开始还谅解他们，但后来进度越来越慢，简直像磨洋工，每天只能照十几个人，有些人照得很丑，也并不返工。人们开始愤愤不已，但又敢怒不敢言。生怕谁打了小报告，把说坏话的你告诉了摄影师，他们怀恨在心，轮到你照相的时候，随便一个动作，就把你照成丑八怪。这样的照片，你不要吧，过了这个村，就没这个店。要吧，万里迢迢地寄回家，你妈一看你这么不成嘴脸，准得吓一大跳，心里不好受，多不划算啊。出于这种考虑，人们暗地里埋怨，当面见了摄影师，又是主动打招呼，问寒问暖，再亲切不过了。

最坏的消息传来了，摄影师无法适应山上的恶劣气候，得了很重的高原病，改变计划，再过两天就要下山返回平原了。

简直是晴天霹雳。（注意啊，这只是一个形容词，因为高原只下雪，不下雨，所以，是没有霹雳这种雷电现象的。）

怎么办？果平问我。

还能有什么办法？等着服务队明年重来吧。我无可奈何地说。

再想想嘛！果平不屈不挠。

我说，除非你绑架摄影师，用手枪逼着他给你单独摄影。

你这个办法好极了！果平一蹦老高，然后又赶紧蹲在地上抚着胸口喘气。要知道，高原上任何突如其来的动作，都相当于百米赛跑和徒手格斗。

我说，什么办法？绑架还是手枪？

果平说，不是绑架，是单独拜访。我们为什么不可以登门找找摄影师，哀求他坚持站好最后一班岗，为我们留个影？

我说，好啊，不妨一试。咱们快叫上大伙儿，一起去。

果平说，不可。你以为这是打狼啊？一窝蜂，那么多人，还不得把摄影师的心脏病吓成心力衰竭？要是一两个人要照，还能咬咬牙，这么大一群，除了断然拒绝，把你们赶走，谁也没法发慈悲。

我说，咱俩吃独食，总有点于心不忍。

果平一打我的手说，看你还当了真！谁知成不成事？没准儿白跑一趟，落个话把儿，还不够大伙儿笑话咱的。单独行动，到时见机行事。行则成，不成也不丢人。

于是，我们背着大伙儿，开始了秘密行动。第一步是打听到摄影师的住址。这不难办，他们也不是什么国家首脑，住所不保密。我就把写着招待所门牌号码的字条，交到果平手里。

事不宜迟，咱们明天早上就去。果平说。

为什么一定要早上？晚上不是更从容些？我不解。

晚上人一般比较累，心情不好。大清早精神饱满，是求人的好时机。你看见过一大早就气哼哼的人吗？果平解释。

我说，早上心情好？那可不一定。要是正巧做了噩梦呢？

果平说，不跟你抬杠。记住了，明早行动。

第二天，我们黎明即起，赶往招待所。开门的是个小伙子，想必是那个较为年富力强的摄影师了。原以为我们会看到一张经过睡眠容光焕发的脸，没想到，他的眼圈像扣了两个蓝墨水瓶盖，眼白像一张满布飞机航线的地图，都是红丝。至于有经验的摄影师，根本就没露面，不知躲在哪里。

干什么？年富力强堵着门口问。

我们……想请你……一看他怒气冲冲的模样，我不知该怎样开口。

我们是卫生员，听说你们身体不好，特地来看望。果平伶牙俐齿地接过话头说。

年富力强脸色好看些了，说，既是看望，那就感谢了。只是屋里有些不方便，我们还好，放心就是。说完露出送客的模样。

我想摄影师们一定是刚起床，没叠被子，怕别人看到狼狈样。心想要是不让进屋，其他的话就不好提。就说，我们也不是检查卫生的，请别紧张。

年富力强有气无力地说，我要是能紧张起来就好了，现在是疲惫不堪。

果平说，大清早刚起来就疲惫，是不是太娇气了？

年富力强反问，谁刚起来？

果平更正道，难道说你们半夜就起来了吗？

年富力强说，我还没有睡呢！

我们说，不信。你一夜不睡觉，干什么啦？

年富力强说，既然你们不相信人，我就请你们参观参观。说着，侧着身子，请我们进屋。

屋里的混乱程度，超出了我们最大胆的想象。到处都是水盆，里面泡着一张张白色的相纸，纸上不同的风景和人物，在药水里起伏着、重叠着。色泽深浅不同的人脸，好像扁扁的黑蝌蚪，懒洋洋地仰着脸，好像在晒太阳。

我俩齐声问，这是怎么回事？

年富力强没好气儿地说，这就是在干你们想干的事啊。

我们说，不懂不懂。我们想干什么事呢？

年富力强说，照相啊。你们以为相片就是那么"咔嗒"一捏，就出来人影了？后面的事麻烦着呢！我们白天照相，晚上冲洗，连轴转，这么干活儿，平原上都受不了，别说是在连鹰都飞不上来的高原。要是不得高原病，那才叫天理不容呢！所以啊，病了是好事，我们就可以名正言顺地下山了。现在我们手里就剩下这点活儿了，抓紧冲洗出来，就能回到山下把氧气吃个饱了！

他这番话虽是气哼哼地说出来，细想想，也有理。看来我们的计策没等实施，就破产了。得，打道回府吧。我向果平使眼色——撤吧。

果平假装看不见，对年富力强说，我真同情你们，可惜你这顿牢骚话，应该对他们说。

他们是谁？年富力强问。

果平随手一指水盆里的人脸说，罪魁祸首在那儿。是他们害得你们这么辛苦。

年富力强又不乐意了，说，你这个小姑娘嘴这么损。大家都有父母，家里都惦记着，想看看照片也是人之常情。

果平一乐说，接受你的批评。问你一个问题，你说，家里人是更惦记男孩还是女孩？

年富力强不假思索地说，当然是女孩了。女孩麻烦事多，男孩总归要好些。

果平说，对啊，所以，你该优待我们才是。

年富力强明白自己陷入了果平的伏击圈，半晌没作声。正在这时，门开了，一个胡子拉碴的半老头儿走进来，从他一眼扫过药水盆子的犀利目光，我们明白，经验丰富的老摄影师来了。

还顺利吗？老摄影师咳嗽着问。

还好。只是去海拔最高的边防站照的相片，因为气候实在太差，风雪来临前抢拍的那些张，曝光量明显不足，底片经过处理，还是不行，人影模糊……年富力强汇报。

这可如何是好？老摄影师非常不安。

把钱退给他们。算我们白辛苦了。年富力强说。

老摄影师说，是我们失职，太对不起他们了。这样吧，让没照好的人从边防站下来，我们补照。

年富力强说，恐怕不成。照坏了的不是少数，要是都从边防站撤下来，国境线上就没人站岗了。

老摄影师说，既然是这样，只有一个办法，我们再上一次最高的哨所。

年富力强说，您的身体已经这样虚弱了，再上去，危险太大。

果平立即插嘴说，我们可以给你们保健，你的心脏要是跳不动，我们给你按摩。呼吸要是困难了，立刻给你吸氧。

老摄影师这才发现我们，说，你们是谁?

果平说，是两个没照上相的女卫生员。

年富力强说，你是想用这种方式感动我们，好给你照相吧?

果平说，是你们感动了我们。为了给高原战士照相，自己差点要被照了遗像。

我刚想说，果平你这个乌鸦嘴，没想到老摄影师笑起来，牙齿在黑胡子茬儿里闪烁，说，你这姑娘说得不对，摄影师要是以身殉职了，还真没人给他摄遗像，如同理发师不会给自己理发。

果平想想也是，不好意思地笑起来。

老摄影师对我们说，走吧。又对年富力强说，把摄影包给我。

我们只好走出屋门，老摄影师跟在后面。我说，您身体不好别客气，不必送了。

老摄影师说，我不是送你们，是去工作。

我们就一齐默默地往外走。这是高原上一个很晴朗的上午，无遮无拦的紫外线像巨大的光伞，从高远的天际倾泻下来，晒在脸上，感觉不到暖和，但是很刺痛。远处的冰山像正在休息的白骆驼，不规则地趴着，白云在它的脚下浮动，好像脱落下的片片驼绒。

好。停。就这儿。老摄影师命令说。

我和果平继续往前走。跟着老摄影师的年富力强说，你们这两个女兵，怎么不听招呼？

我们愣了，说，谁知说谁呢？

年富力强说，谁想照相就是说谁呢。

我们大喜过望，说，真想不到，摄影师带病坚持工作。

年富力强说，你没看老师傅要亲自给你们照相？他的技术比我高明多了。要是男兵，我就动手。因为你们是女娃子，刚才不说了吗，女孩比男孩重要。

我们很感激，又不知如何表达，只有乖乖地听老摄影师调遣。

果平本想以险峻的雪山为背景，照一张雄赳赳气昂昂的照片。

老摄影师说，不可。你们的父母听说孩子到了高山上，一定担心不已。如果看到背景这么荒凉寒冷，心里一定不是滋味。你寄照片回家，原本是想让家长放心，这么着，他们就更不放心了。

果平不知所措地说，那以什么为背景呢？在阿里高原，要找一处没有雪山的背景，几乎是不可能的。

但我们可以让荒凉的感觉尽量淡薄一些啊。老摄影师领着我们往前走。在狮泉河旁像眉毛一般短的道路上找了半天，停在一块标语牌前。这地方怎么样？老摄影师的语气很有点沾沾自喜，好像发现了一个宝石矿。

不怎么样。像人民公社的大队部。果平撇撇嘴。

在这穷乡僻壤，能有个像大队部的风景，就很不错了。别的地方照出来，简直像在土星上。年富力强说。

虽然我也很讨厌毫无情趣的标语牌子，可是想到妈妈假如看到我站在崇山峻岭中的留影，显得那么渺小孤单，一定忧心忡忡，便同意了老摄影师的选择。

摄影师选好角度，支稳机器，指挥着我们摆好姿势。刚要照，果平突然说，慢着，等我一会儿好吗？说完不等别人表态，撒腿就跑。

干什么去？大家问。

我得换身衣服。果平回答。

我用挑剔的目光审查了果平一番，没什么不妥的地方啊，衣服干干净净，脸上也没污点。就说，你像刚消毒完的注射器，清洁极了。

果平说，建议你也换换衣服。现在是几月？八月。我们身上穿的是什么？全套的棉袄棉裤，窝囊得像北极熊。这种相片寄回家，我妈掐指一算，什么鬼地方，夏天还会下雪啊？我在信里给我妈描述得这好那好，都会露了馅儿。所以，我得换套单衣，显得精干些。

果平的理由很有说服力，我也想去换衣服了。可老摄影师说，你们是要脸还是要命？这么冷的天，穿着棉衣脚都冻得慌，换单衣，亏你们想得出。只怕照片还没洗出来，你们就躺在床上发烧了。你们并不知道老人的心，以为编一套瞎话，他们就信了？才不是呢！他们会拿着你们的信，反复揣摩，从信瓤看到信封，从邮票看到邮戳，从时间推算路程，心会提到嗓子眼儿。再说，我选景就是再小心，也避不开远处的雪山，总得进到镜头里一星半点，老人是一定会发现的。要是看到你在雪山下面还穿着单衣，认定你不会安顿自己，照顾自己，心就缩成一个硬疙瘩。你寄回照片本来是为了让他安心，结果他更担心。倒还不如穿着棉袄，家里人会想，噢，那里可真冷。不过，孩子知道自己心疼自己……心里反倒安宁些。

我和果平再无话可说，按照部署，各照了一张全身、一张半身的照片。

谢谢。我们向年轻和年老的两位摄影师表示衷心的谢意。

不必言谢，并不一定成功。万一照坏了，我会通知你们补照的。老摄影师虚弱地说。看来，刚才这一番折腾，耗尽了他的力气。

果平说，如果成功了，我们什么时候能看到照片呢？

那就不一定了。我们还要到边防站去，还有许多照片要洗印。不过，请放心，我们会尽快把相片给你们，让你们的爸爸妈妈看到你们的新样子。年富力强说。

我和果平，在以后的日子里，怀揣着最美好的想象等待着。我们不敢到招待所去，怕摄影师以为我们催他。他们实在太忙了，我们不忍心再添麻烦。

有一天，别人带给我们一个纸包，打开一看，正是我和果平的照片。在那块标语牌做背景的照片上，我和果平穿着鼓鼓囊囊的棉衣棉裤，笑得都很开心。

他们呢？我们问。

你们说的是谁？带给我们纸包的人问。

就是一老一少的摄影师啊。

他们后来又到最高的边防站给战士们照相。加上以前照了没洗出来的活儿，工作量很大。他们连轴转，把所有的照片洗出来，装到袋子里，都写好了名字……后来，他们累得晕倒了，被紧急送回山下。现在，我们按照他们留下的记录，把纸袋里的照片一一分送给大家。来人说。

我和果平什么也说不出来，只是朝山下的方向望着。但愿一老一少的摄影师，在充足的氧气里恢复健康。

　　每月发罐头的日子，是高原的节日。大家聚在司务长的房间里，好像是赶集，七嘴八舌，议论纷纷。人们挑三拣四，乱哄哄的。军用品，质量没的说，主要是选择什么品种水果的问题。

　　有一个专门要橘子的人，一月是橘子，七月还是橘子。据说他领的罐头从来不吃，都堆在床底下精心保管着。用木板垫起一个架子，罐头像商店陈列的货物，摆得整整齐齐。罐头上还罩着报纸，防着扫地泼水的时候，水珠溅到罐头，铁皮就锈了。大家私下笑话他：这人已经把一棵橘子树的收成，都藏到自己铺板底下啦！后来听说他是准备探家的时候，把橘子罐头都装在麻袋里背回家，让从来没吃过橘子的父母，尝尝南国水果的滋味，人们就不好意思再议论他了。

　　罐头后来有了一市斤和一公斤两种包装，就是一种小筒一种大筒。一般的人都喜欢要大筒的，因为吃起来痛快淋漓，解馋顶饿。再说开罐头的时候方便些，一次解决。要是弄个小筒的，得多费一倍的力气。有个叫小叶的人，偏偏反其道而行之，每次专要小筒。世上的事就是奇怪，大家都不要小筒的时候，司务长巴不得把小筒罐头早点推出去。小叶指名道姓地要小筒，司务长又烦了，说小叶你事真多，大筒小筒还不都是一样吃，到了肚子里一样都化成屎，你不嫌烦我还嫌乱呢!

小叶一点也不着急，笑嘻嘻地回敬道，那可不一样。吃豆子拉的是臭的;吃菜拉的是绿的;吃了司务长发的水果罐头，打的嗝儿都又甜又香。

司务长就笑了，说小叶你是属救火队的，叫人发不起火。你可知道，这次来的小筒罐头箱都压在大箱底下，搬动一场，肺里有进的气儿没出的气儿，累得真魂出窍，我不给你当搬运工。真想要小筒，自己动手，丰衣足食吧。

小叶说，我是真想要。可你这儿是"仓库重地，闲人免进"，就不怕我顺手牵羊，多拿了几筒走?

司务长说，你不是闲人，是苦力的干活儿。不过，你这么一说，倒是提醒了我，你等大家都领完了罐头，再来忙活你的这点私事吧。一来你可避嫌，二来我也好给你搭把手。

正好我也在一旁，就说，到时候我来帮忙。

大家就说有人愿意义务劳动，好啊好啊。其实，我心里想的是，库房是个神秘的地方，我倒要看看里头藏着什么宝贝。

大家领完罐头，已是傍晚时分。吃了晚饭，天就黑透了。小叶叫我去帮忙，库房里黑黢黢的，好像一个阴森的山洞。我嘟囔着说，库房为什么不安个电灯呢？现在我每一个寒毛孔，都充满做贼的感觉。

也不是打仗需要弹药，谁没事半夜三更时分到库房瞎翻腾？都是小叶这个倒霉鬼，搅得我们不得安宁。司务长手擎一根蜡烛，在一摞罐头箱子后面闪出来，愤愤地说。跳跃的烛光从他的右下颌向左上眉弓闪去，使他那张在白天看来还挺中看的脸庞，顿生凶狠之色。

小叶说，谢谢你啦，我代表家乡的父老乡亲们谢谢你啦。

司务长说，小叶你别扯得那么远，你老家的人认得我是谁？闲话少说，开始干活儿吧。

所谓干活儿，就是把顶端的罐头箱子搬下来，垛在一旁，慢慢地寻找不知隐藏在哪里的小筒罐头箱。箱子的外表都是一样的，只是标签不同。我们搬了一箱，用烛光一照，不是，只得把它摆在旁边。又搬了一箱，拿烛光来照，还不是，只好又摆在一边。本来搬几个箱子，对司务长和小叶这样年纪的男子汉来说，不是什么了不起的活儿，但高原这个阴险的魔术师，在人们不知不觉当中，把大家的力气溶解在空气中了。过了没一会儿，他俩就像八十岁的老翁，喘个不停。

司务长鼻孔喷着白汽说，小叶，这是何苦？想体验码头扛大个儿的滋味？

小叶说，不好意思，小筒罐头，显得筒子多一些，分的时候好办些。

我听不懂他的话，说，小叶，你到底什么意思？解释解释。

小叶说，我的罐头要带回老家，亲戚朋友多，姑姑舅舅大姨大妈表婶叔伯哥哥……全村人都沾亲。咱从这么远的地方回去，大伙儿都来看我，拿什么招待呢？罐头是个新鲜物，我就每户送上一筒。

僧多粥少。也许不该把亲戚叫"僧"，反正就那个意思，嘴多罐头少，

是大筒的就分不过来了，所以……

司务长打断小叶的话说，你就甭"所以"了，我明白啦。休息

过来了没有？开始干活儿吧。

我也开始给他们打下手，终于像挖煤工人一样，在层层叠叠的

罐头箱子下面，掘到了一箱标有"每听 500 克装"的罐头。大家那

个高兴啊，就像盗墓贼发现了皇帝的玉玺。司务长用钳子扭开绑箱

子的铁丝铁钉，"嘭"地将木板打开，一筒筒雪亮的罐头暴露在烛

光下，圆圆的锡铁盖子好像大号勋章，朦胧地反射着一朵朵浅红色

的烛火。

司务长用调兵遣将的口气说，拿你的吧。

小叶欣喜地打量着整箱的罐头，好像那都是他的财产。要知道

平常的日子里，你该领几筒，司务长就给你拿出几筒，从未让人如

此一饱眼福。现在虽然明知这许多罐头并不是都属于自己，看着也

高兴。瞅了半天，小叶指着一筒胖胖的罐头说，我就要那筒了。

司务长脸上显出很怪异的神情，说，满满一箱罐头任你挑，你

为什么偏要那筒？

小叶费力地把那筒胖罐头从挤得紧紧的箱子里取出，说，满满

一箱罐头，我为什么偏偏不能要这筒呢？

我也觉得很纳闷，特别认真地听他们对话。

司务长说，你哪筒都能拿，就是不能拿这筒。

小叶的犟脾气上来了，说，我哪筒都不要，就是要拿这筒。

司务长说，我是管发放军用物资的，没有我的批准，你想拿也拿不走。

小叶一看司务长用职务来压他，正着说是说不过了，反唇相讥道，莫非是司务长看着这筒罐头格外饱满，要利用职权，专门留给自己吃啦？

我想司务长一定会反驳的，没想到，他笑着说，你说得对。我就是要利用一次职权，把这筒罐头留给自己。而且还特地邀请你和我一道品尝这筒罐头。

我们都不知司务长的确切意思，只见他抽出一把开罐头的专用刀，刚要戳进胖罐头亮闪闪的鼓肚子，突然又停了手，对小叶说，你把它放在自己耳朵边，摇一摇，它就有话对你说。

罐头会说话？我和小叶吃了一惊。小叶按着司务长说的，把罐头凑在耳边晃了晃。我也赶过去凑热闹，小叶就把罐头递给我。我用力把胖罐头颠来倒去，侧耳细听。它咕嘟着，好像一个不会游泳的胖子，被人开玩笑扔进深潭，套着救生圈，竭力挣扎。

小叶说，这罐头要是一个人，会被你折腾出脑震荡。

司务长问，听到罐头对你说的话了吗？

我叹了口气说，没听到。

司务长不急也不恼地说，没听到不要紧，你还可以敲敲它的肚皮，它很诚实，会把刚才对你说过的话，再重复一遍。

这一次，我抢在小叶前面，用手指猛力弹胖罐头。它气愤地发出空空洞洞的回音，好像一个老爷爷被打断了午睡，气得直咳嗽。

我做了一个鬼脸。小叶不理睬，面带思索之色，好像胖罐头真把什么绝密的情报透露给他了。

司务长对着不开窍的我说，看你这样子，只有让胖罐头自己坦白交代，你才会明白啊。

他说着，果断地用罐头刀扎了下去……只听"噗"的一声响，那动静不像是刺一个没有生命的物体，倒像是宰了一头肥猪。随之一股恶臭从胖罐头的裂口处喷涌而出，蜡烛光都被呛了一个跟头，险些熄灭。那股黑色的气体在仓库内久久盘旋，好像放了一颗催泪弹，我们的眼睛都被熏得眯起来。

我说，哎呀，罐头里面藏着一个妖怪?

司务长说，你过来一看，就明白啦!

我躲得远远的，说，不看不看。瞧这味儿，像进了公共厕所。再到跟前看，胃就得来一个反向运动了。

那时候，我们的卫生课刚刚讲到消化器官，正向运动是从口腔到肠胃，反向运动就可想而知了。

小叶比我坚强得多，一声不响地走过去，头俯在那筒胖罐头跟前。正确地讲，那筒罐头现在已经不胖了，垂头丧气地蹲在那里，好像一个饿瘪了的囚徒。我听到小叶喃喃地说……果肉都变成黑色的了……有气体……黄色马口铁的镀膜也脱落了……

司务长连连夸奖说，小叶你观察得很仔细，对，就是这几个特征。

我还不明白，愣愣地问，我听这些话，好像是在描绘一个病人。

司务长说，正是啊！这种胖罐头，按我们军需的行话就叫"胖听"，是罐头中的次品，也就相当于病人了。因为制作或运输中的问题，密封的罐头里面发生了污染，无所不在的细菌大肆繁殖。罐头腐败了，细菌产气，就把罐头的铁皮顶得膨胀起来，变成大胖子。它完全丧失了食用的价值，吃了拉肚子是轻的，碰上肉毒杆菌，小命就呜呼了。平时我发罐头之前，都要仔细检查，像查特务一般把它们严格挑出来，怕坏了大家的健康。今儿个咱们是到库房里直接取货，你们好眼福啊，看到了平常无缘一见的胖听……

小叶不好意思地说，多谢司务长，今天长了见识。本来，我以为胖听比别的罐头更鼓，以为里面装的货色特别多，想让家乡的人多尝尝。司务长，顶撞了，多包涵。

司务长说，甭客气啦，快领了你的小罐头走吧。

说着，司务长亲自动手，把一堆身材苗条的罐头，推到小叶手里。小叶数了一下，说，司务长，你给我发多了。

司务长说，这不是骂我吗？我做了多少年的军需，连数都不认？不会多的。快拿着走吧。

小叶说，司务长，你再数一遍。我可不愿多吃多占。

司务长说，小叶，我把我这个月的那份也给你了。谁叫你有那么多倒霉亲戚呢！

"拉练"这个词，顾名思义，是"拉到外面去训练"的意思。这个"外面"指的又是哪儿呢？它说的是"屋子外面"。

有人又得说了，屋外有什么了不起的？我们不是常常到屋外活动吗？

我说的这个屋外，有几点特殊的地方。第一是时间。它不是春暖花开的三月，也不是赤日炎炎的夏天，还不是金风送爽的秋天……对了，现在只剩下最后一个季节，就是白雪皑皑的冬天了。第二是地点。不是江南，不是塞北，不是平原，是海拔五千米雪线以上的高原永冻地带。

什么叫雪线呢？刚听到这个词的人，脑海里会不由自主地出现一条又白又亮的银线，好像是一根由千万根蚕丝拧成的粗绳子，悬挂在险峻的高山半腰。其实，雪线可没那么浪漫，它只是地图上一条假想的线，表示在这个高度以上，积雪和冰川永不融化，寿命与天地同存。在雪线以上的高山行走，随手捡起一块透明的冰块，它的历史都可能超过了一千年，比你爷爷的爷爷还要古老得多。拉练就是让大家到雪线之上露营和自己起火做饭，当然，最主要的节目是行军和真枪实弹的演习。听了动员令后，大家都摩拳擦掌，做着拉练前的诸项准备。

第一要紧的是每人要有一口锅。平常日子都是吃炊事班的大锅饭，自己不用发愁。这回不行了，要野炊，首先得自己备好锅勺。不由得想起一句古话——巧妇难为无米之炊，心想，它说得也不怎么确切，就算有了米，没有锅，巧妇也得抓瞎。

河莲先到炊事班求援。班长说，甭瞎忙活。你们不用备炊具，到时候有我呢。

有人自告奋勇帮忙自然好，但不知这忙如何帮法。河莲说，让我先看看你准备的锅。

班长说，我的锅，没什么新鲜的，你天天见，喏，就在那儿。

河莲一看，原来炊事班长根本没做特殊准备，打算把每天给大伙儿烧开水的大铁锅，背出去煮饭就是。

河莲说，那怎么行？到时候一安营扎寨，传下号令，就地生火做饭，等你做完了，队伍也该开拔了，我会饿肚子。

班长晃着大方脑壳说，我是那样的人吗？要是万一来不及，怎么也得让其他同志先吃，我是享乐在后的。

河莲说，那也不成。你的锅那么大，得多少柴草才能把水烧开？伺候不起。

河莲是我们派出的侦察兵，本以为她会带回好消息，不想无功而返。全班人唉声叹气之时，新情报传回来了，说是经过摸索，有人发明了用罐头盒子做成很漂亮、实用的小行军锅。

高原海拔高，气压低，饭很不容易做熟。避免夹生的办法，就是尽量提高锅的密闭性，保持住锅里的温度和压力。当然要是有小的高压锅，那是最方便了，可拉练的宗旨就是让大家在冰天雪地里锻炼，哪儿会给大家配锅？不知是谁的创造，用锉刀把罐头盒顶端的焊锡锉掉，使罐头盒盖完整地脱落下来，用的时候再盖上去，一个因陋就简的小锅就成功了。

我们每人拿出一个水果罐头，开始像手工作坊一般干起来。锉刀吱吱，银屑飘飘。不一会儿，河莲就兴奋地大叫起来，我的小锅出厂啦！

大家凑过去一看，河莲把罐头盖子平平整整地卸了下来，盖上去的时候严丝合缝，简直像是原装的锅盖。河莲又操起锤子，用小钉在罐头盒——也就是锅的主体部分，钻了两个洞。

我们吃惊地问，这是什么？

河莲说，这都不明白？拴上铁丝，做个锅耳朵。不然，锅那么烫，谁敢用手提？再说，如何捆到背包上？都是问题。我这是一箭双雕。

我们衷心佩服河莲的深谋远虑，锅的制造已进入精加工阶段。低头看看自己手下的活儿，还是粗坯，就赶快提高速度。

真是见了鬼，我拼命挥舞锉刀，像一个地道的老工人。可我的罐头盒子好像变成一发炮弹，其壳坚硬无比。我累得一脑门儿热汗，它还是岿然不动。

我去找河莲，她成了我们之中的总工程师。真是高人啊，只看了一眼，她就说出了症结所在。你真傻，为什么专门挑了橘子罐头来锉？

要知道，它的铁皮质量最好，简直像是不锈钢制成的，难怪你锉不开。像我，选一筒菠萝罐头，又小巧铁皮又软，自然马到成功了。

面对先天的失误，除了改换门庭，没别的选择。我立刻加入了"菠萝一族"，其他的操作也和河莲一模一样。经过手忙脚乱的一阵努力，小锅也宣布竣工，同河莲的产品摆在一起，简直是双胞胎。

锅的问题解决之后，就是领粮食。规定每个单兵要携带足够三天食用的口粮。按照士兵最低热量标准，共需粮食四斤半。

干粮袋是草绿色的，细细长长，瘪的时候好像一段蛇蜕。领导用秤给大家分粮，四斤半大米装进去，粮袋撑得圆圆滚滚，像一条苏醒过来的大蟒。

我生平最讨厌吃米饭了，总觉得那些软绵绵的小白粒子，吃多少也填不饱肚子。平日也就罢了，饿了可随时补充零食。可这次是模拟实战，总不能一边坚守阵地，一边嘴巴嚼个不停吧。我对领导说，给我发白面，成吗？

不行。领导很干脆地拒绝。

为什么？米面都是碳水化合物，提供的热量卡路里是一样的。我用刚学到的医学知识，为自己做论据。

在高原上，米可以煮熟。面呢？泡在罐头盒子里，成了糊糊，你怎么吃？领导不理我的卡路里学说，一针见血地指出面的弊病。

我宁愿吃那种糨糊样的东西，也不吃米饭。再说红军过雪山草地的时候，吃的也是面粉，不过就是炒熟了而已。我小声反驳。

领导没想到我会引经据典，一时竟想不出如何批评我，停了一会

儿，终于发现了更强大的理由，说，干粮袋就那么长，米能够装进三
天的量，面就不行了。

我说，不信。

领导说，你这个女孩，怎不见棺材不落泪。

来，我装给你看！

领导说着，称出四斤半面粉，倒进干粮袋。面比米要难收拾，不
少面粉洒在外面，领导就像颗粒归仓的老农，不厌其烦地把每一撮儿
面粉都收拾起来，愣往干粮袋里塞。

干粮袋鼓如圆柱，秤里还遗有面粉。在铁的事实面前，我不得不
低头服输。同等重量的面，要比米占的地方大。比如说一麻袋可装大
米两百斤，装面粉就放不下了。领导告诫道。

但我仍不死心，说，具体情况要具体分析。对我的胃来说，三斤
面就抵得过四斤半米。

领导说，这不是抵不抵的问题，也不是你的胃说了算的事。你刚
才不是说什么卡路里吗？关键是热量，在冰雪高原，你要是没有热量，
就得变成白雪公主。

我一声不吭地跑出去，过了一会儿，抱着一堆糖进来，对领导说，
我不带大米，带水果糖行不行？它提供的卡路里比大米可多多啦。

领导这次把脸沉下来，斩钉截铁地说，不成！一个战士不可能在
冲锋的时候，往嘴里不停地塞糖！

最后一线希望破灭。虽然他的话也很无理，冲锋的战士不能往嘴
里塞糖，难道就可以往嘴里塞米饭团子吗？但人家是领导，咱当小兵

的，就只有服从了。

衣食住行这句话，我以为很科学。在解决了吃饭问题以后，考虑的就是拉练中的穿了。皮大衣当然是必备的了，要不然，会在酷寒的夜晚冻成冰雕。狼皮褥子也是要带的，在万古不化的寒冰上露宿，没有它，地心的寒气会把我们的五脏六腑凝成一坨。狗毛皮鞋也是要带的，不然会把脚趾冻得指甲脱落。皮帽子当然更得带了，要不，回家的时候会丢了耳朵……我们贴身穿了衬衣衬裤，外面罩了绒衣绒裤，再外面裹着棉衣棉裤，然后披上皮大衣，每个人的体积都比平日增大百分之七十以上，走路的时候像一座毛皮小山在移动。

相比之下，住的问题反倒比较简单。每人带一件塑胶雨衣，它的边上有一排纽扣，我以前一直不知是干什么用的，此次经人指教，才知道可以和另外一件雨衣结成一块巨大的篷布，搭一座简易帐篷。每人还要带一把行军锹，到了宿营地，在冰上挖洞，然后把锹把儿埋在里面，就成了帐篷的支柱。

没想到在这个简单的环节上出了问题，因为是两个人合住帐篷，睡觉的时候为了保暖，必须头脚颠倒，打通腿。小鹿是个汗脚，谁都不愿意与她合伙，怕熏着自己。最后还是我高风亮节（谁让我是班长呢），自动表示愿和小鹿同甘苦共患难。大家私下里夸我侠肝义胆，因为小鹿的脚臭让人惨不忍闻。我解释说，其实，我也不是担子拣重的挑，只是想雪地里那么冷，我就不信小鹿的脚还敢出汗？

最后是行。果平穿戴整齐，缓缓地吃力地移出房门，过了一会儿，又像一艘航空母舰似的挪了回来，哭丧着脸道，你们猜，把咱们的全套行头穿起来，负重多少斤？

河莲说，还不得有三十斤？

果平冷笑道，想得美！改成公斤还差不多！

我们花容失色道，你的意思是我们要背着六十斤重的物品，跋涉在冰雪高原？

果平说，那还是少说了，都武装起来，只怕七十斤也打不住。

大家半信半疑说，有那么恐怖吗？

果平说，听我给你们算个细账。

她就掰着手指头，一五一十地算起来。干粮、红十字包、手枪、狼皮褥子、背包、子弹带、行军锹、备用解放鞋、雨衣……我们听到一半，就说别算了，我们信了。

听说行军的平均路程是每日九十华里，个别日子会在一百华里以上，最多的一天将达到一百二十华里。这个数字，对平原来说也许不算什么，但在高原，足以让人胆战心惊。

我们能行吗？所有的人心里都在打鼓，可是没有人说出来。谁也不愿被人当作胆小鬼。

行军开始了。女兵和男兵一样背负着行囊，像绿色的骆驼在雪原上缓缓移动。为了预防雪盲，临出发时每人又配发了一副墨镜，透过茶色镜片，平日熟悉的风景，变成另外的嘴脸，煞是好玩。冰峰成了咖啡色，远远看去，好像巨大的巧克力冰激凌。白雪成了淡红豆沙色，使人忍不住想舔一口。至于大家的脸色，都成了非洲人的模样，嘴唇成了浓重的黑褐色，好像刚刚吃了炸酱面还没把嘴巴抹干净……

面对种种奇怪的景色，我们只有自己偷偷地笑，没法彼此交换感想。因为在高原上行军，需要全力以赴，要是你开玩笑的时候，正好一个雪坑没看见，脚下一滑，摔一个大马趴，大家笑的就不是你的笑话，而是你本人了。笑完了，还得千辛万苦地帮你爬起来。再说那近七十斤重的包袱，稳稳地坐在背上，把肺都压成了薄饼，膨胀不起来，使我们根本没法开怀大笑，只好把笑的念头储存起来，留着晚上空闲的时候再交流吧。

第一天是适应性行军，有一百华里路程，只翻一座雪山。老兵们说，这简直和玩一样。可女兵们确实没玩过这种严酷的游戏，刚走了不到一半的路程，我们就筋疲力尽。原来为了保护女兵，把我们安排在队伍的中间部分，现在眼看着别人一步步超过我们，越走越远。最后大队人马整体越过疲惫的女兵远去，成了天边的一个黑豆样的斑点。

我们你看看我，我看看你，明白了以前从书本上看到的一个可怕的词——掉队。那就是你像一粒纽扣，从大衣上掉下来，滚到人所不知的犄角旮旯里。要是没人找到你，你就得在那个黑暗的角落待到海枯石烂。

这可怎么办？小鹿几乎要哭起来。

现在最重要的事，是赶上队伍。小如很坚决地说。

这话当然是不错了。可是，我们赶得上吗？我们为什么会掉队，不就是因为我们追不上大家的脚步吗？赶上队伍谈何容易？不但要赶上部队此刻的行军速度，还要把我们以前落下的补上。恕我悲观，我看是梦想。河莲有根有据地说。因为话太长而且很严肃，说完之后她喘个不停。

果平用手揪起背包带子，胸膛能比较自由地吸进更多氧气，说话的时候就可以带出微笑的口吻。她说，你们知道现在最重要的事是什么吗？

对于她的重复设问，我们都不理睬。太累了，你打算说什么，快说吧，别啰唆啦！

果平只好自问自答，说，现在最重要的事，是休息啊。

乌拉！我们立刻用俄语欢呼起来，倒不是对这种语言情有独钟，主要是电影里苏联红军打胜仗的时候，都是这样表达兴奋心情的。

不管三七二十一，大家立刻倒在雪地上，大口地喘气，先把氧气吸个饱。背上的负重也不敢卸掉，因为再背妥帖很费时间。我们像蜗牛一般，脊梁枕在背包上，头仰得高高的，摘下墨镜，看着蔚蓝色的天空。

黄昏已悄然来临，天空急遽地转换着颜色，从海一般清澈的蓝，逐渐加深，好像一缸靛青的染料被打碎了，没有波纹地扩散开来，整个天幕被无声无息地染成蓝宝石的颜色，透明中闪着银光。雪山反射着夕阳的余晖，勾勒出一圈虾红色的轮廓，像是华贵的绸缎织成的剪影。有一只喜马拉雅鹰凝然不动地贴在天际，使你相信在它铁一般的鹰爪下，有一股神秘的高空风，像巨掌一样轻轻托住它的翅膀。

我们要是喜马拉雅鹰就好了。大家齐声说。

可惜我们不但不是鹰，连一只最普通的麻雀也不是。我们就这样静静地躺着，感觉万古寒冰的森然阴气，像泉水一般从地心漫上来，渐渐地俘虏了我们的脚，弥漫在我们的关节，浸满了骨髓，笼罩在血液中……一种酷寒而舒适的陌生幻觉，像雾一样包裹了我们的大脑，使它变得像玻璃一般脆而晶莹。我模模糊糊地想到，为什么卖火柴的小女孩，在被冻死以前，会看到那么多美妙的景象，寒冷真是美丽而凄清的神仙世界啊！

我们躺着，手拉着手，刚开始很紧很紧，透过皮手套，可以感觉到对方的力量。但是这力量渐渐地涣散下去，骨骼松弛了，血的温度下降了，手套变得像海带一般黏滑，很快就抓不住了，只好彼此松开。我的手刚一接触到雪地，就被它吸了过去，牢牢地粘在冰上。好像手是一块生铁，地是巨大的磁石。我觉得这事有点怪，很想挣脱冰雪的引力。但是没办法，手指根本就不听指挥，它们不再属于我，已经成了绵延万里的冰山的一部分。

思维变得迟钝而漂浮，苍白无力地混乱运行着，好在一点都不痛苦，也不恐惧，有一种近乎飞翔的感觉……

你们都给我起来！

一声断喝，从天而降。我们就是再麻木，也被惊得半坐了起来。只见一彪形大汉，天神般地矗立在面前。

你是谁？我们说不出话，只是用眼光问他。

我是后勤部收容队的队长。大队人马已经到达宿营地了，到处找不到你们这几位女兵，我们就沿着来路往回找，没想到，你们在这里睡大觉！收容队长怒气冲冲地说。

我们懒洋洋地看着他，眼珠也不愿转一下。什么后勤部，什么宿营地，听不懂啦！好像是古代故事里的名词。

收容队长很有经验，知道我们已经进入冻伤的意识淡漠期，如果不马上振作起来，就会在这种迟钝的幻觉当中陷入昏迷。他指挥带来的收容队员们，把我们拉起来。可是刚把这个从雪地上拉起来，那个又躺下了。把那个扶起来，这个又坐下去。雪地好像一张巨大的软垫子，极力诱惑着我们沉睡在它的怀抱。

你们还是不是兵了？简直是逃兵！要是指着你们保卫祖国，敌人都得打到家门口！人都说女兵不行，我原来还不信，今天一看，果然不错。应该把你们都开除出去，回家守着父母的热炕头……收容队长怒骂我们，滔滔不绝。

这一骂，把我们骂醒了，自尊心生长起来，神经也变得灵敏了。我们咬着牙，摇摇晃晃地站起来，好像一批女醉鬼。

快，把她们的背包卸下来！队长命令他的士兵。

几个男兵把我们的背包放到自己身上。要是平日，我们是一定不会同意的，但在夜色沉沉的雪山上，我们已没有任何反对的力量。

背包一摘走，被压扁的气管立刻膨胀起来，恢复了弹性，我们的精神得了充足气体的灌溉，立刻清醒多了。我们试着走了两步，哎呀，感觉奇妙极了，好像遍地都是弹簧，脚下生风，似乎在飞，无比轻松。

因为我们整天都是在负重七十斤以上的状态中行走，那个附加的重量已经成了身体的组成部分。现在一旦卸下，简直若腾云一般轻盈。巨大的喜悦与轻松，使我们恢复了青春的活力。

小如说，你们把我们的背包拿走了，多辛苦啊。

她是一个好心肠的女孩，无论在多么困难的情况下，首先想到别人，总觉得自己对不起别人。

收容队长不耐烦地说，快走吧。我们是男人，比你们的耐力要好多了。再说我们还有马。

我这才在黑暗中看到了几匹马。它们美丽的大眼睛闪烁着星星的光芒。

果平说，还是把红十字包和手枪还给我吧。一个是我的工作工具，一个是战士必备的武器。

听果平这么一讲，我们也纷纷要求他们归还这两样卫生兵最基本的标志。好吧，还给你们。可是你们再不许躺下。夜已经越来越深，你们若不能在午夜以前赶到宿营地，就会在雪山上冻死。收容队长严厉地说。

我们不再说什么，跟着队长快步向苍茫的远方奔去。也许是长时间的休息，的确让我们恢复了体力；也许是队长的破口大骂，使我们生出雪耻的决心；也许是甩掉背包真的使我们身轻如燕；也许是死亡近在咫尺的威胁，让我们深切地体会到生命的可贵……反正在后面的行军路程中，我们不再说三道四，而是钳闭着嘴唇，机械地迈动双脚，向前向前。

赶到宿营地的时候，已经是下半夜了。当我们看到朦胧的灯火时，几乎流出眼泪。好了，总算把你们活着带回来了。收容队长说完，"扑通"一声，差点跪在地上。要知道，为了接应我们，他几乎走了双倍的路啊。

拉练的夜晚，我们在雪原与星空之间露营。

两顶雨布搭的帐篷很窄小，像田野中看秋的农人用玉米秸支的小窝棚。我和小鹿头脚相对，用体温暖和着对方。刚躺下的时候，根本睡不着。平日柔软的被子，此刻变得铁板一样冷硬，被头像锐利的铁锨头，直砍我们的脖子。棉絮好像变成了冰屑，又沉又冷地压在身上。

这是怎么回事？被子被施了妖法！小鹿在对面瓮声瓮气地说。

我本想看看她，但沉重的负担使我没法抬起头来。为了保暖，我们把所有的物品，比如，十字包、干粮袋、皮大衣，包括毛皮鞋，都堆在被子上面，像一座拱起的绿色坟堆。此刻，要是有一双眼睛从帐篷外窥视我们，一定以为这是军需品仓库。

我说，被子又不是暖气，自己不会产生热度。它像个水银瓶胆，装进开水它就热，放根冰棍它就凉。我们在零下几十摄氏度的气候里行军，被子的温度当然也是零下了。不能着急，得靠自己身体的暖气，把被子焐热，才会觉得暖和。

　　小鹿说，只怕到了明天早上，我们还像两条冻带鱼一样，舒展不开手脚。

　　我说，反正也睡不着，咱们就说说在高原露营的好处吧。

　　小鹿说，有什么好处？硬要说，第一个好处就是让你不但不困，而且精神抖擞。

　　此话千真万确。不管你行军多么疲劳，在越来越深的午夜中，寒冷的空气好像不是吸入肺里，而是进了胃，化作无数薄荷糖，让你从里往外透出绿色的清醒，神志警觉无比。

　　我说，可惜这是以第二天的疲倦为代价，要不然，真该推荐所有的科学家都到高原来工作，人类的伟大发明一定会成倍增加。

　　小鹿说，第二个好处是空气新鲜。城里的空气被人的鼻子滤过千百遍了。这里的空气从没有人呼吸过，就像从没污染过的泉水。你说是不是世界一绝？

　　我说，空气倒是很新鲜，只是它里面的氧气含量很少。这就像一种外表很美丽的果子，里面的果仁却又瘦又小。营养太少，中看不中用。

　　小鹿说，这话可不对。你敢说这里的空气不中用？那你把头钻进被子里，再捏住鼻子。要是你能支撑三分钟以上，明天我帮你背手枪。

　　我说，我当然不敢把头埋进被子，你的脚太臭了。至于手枪，你别卖假人情。你知道规定是人不离枪、枪不离人的。

　　小鹿说，谁的脚要是在这种滴水成冰的时候，还能出汗，一定是赤脚大仙托生的。不信你试试！百见不如一闻。

　　我不想扫小鹿的兴，就把头缩进被子，但根本不喘气，然后很快地探出头来，说，噢，真的没什么味儿了。

小鹿很高兴，说露营的第三个好处是，可以增长你的天文学知识。你看，天上的星星亮得像猫眼！

我们的雨布虽然薄，但没破洞。只有从两侧的缝隙中，观察星空。铁锹做的帐篷杆和雨布的边缘构成的间隙，很不规则，像是一幅抽象图案。

我说，根本看不到天空的全貌。从我这个角度，北斗七星只能看到一个勺子把儿，牛郎只挑了一个孩子，那个丢了。

小鹿说，你以为我这儿完整吗？银河基本断流，蟹状星云变成了对虾的模样。

我说，哎哟，真了不起，还知道星云。

小鹿说，我妈妈最喜欢天文了，从小就教我。

于是，我们半天都不说话。最后还是小鹿打破了沉默，说我们别说妈妈，那样说一会儿就会流泪的。还是说星星吧。

我赶快拥护，说，就形容自己看到的天空和星星的模样吧。

小鹿赶快说，好。

想念亲人就像大海中危险的台风眼，我们思维的小船要赶快掉转航向，飞速离开。

我摇头晃脑端详了半天说，从我这个角度看天空，它的轮廓像一棵宝蓝色的树冠，树上结着许多银色的榛子。

小鹿说，从我这边看哪，天空的形状像一件天蓝色的礼服，那几颗最明亮的星星，就是礼服上的银扣子。

我调整了一下姿势，又说，从我的铁锹把儿侧面看过去，天像一扇敞开的钢蓝色大门，星星就是门上凸起的门钉。

小鹿也扭了身子说，我有一个比喻，你可不要笑我。你答应了，我就说。

我说，只要风和雪不笑你，我才不管呢。

小鹿说，从我这儿看上去，天空像极了一头蓝色的奶牛。那些凸起的星星，就像奶牛的乳头，它们离我们这么近，好像一伸手就可以摸着。用嘴吸一吸，就会有蓝色的乳汁流出来。

我笑起来，说，小鹿，你是不是饿了或是渴了？

小鹿说，你一提醒，我才想起雪原上露营的最大好处，那就是你随时都有冰激凌吃。

小鹿说着，伸手到褥子下面去抓，我听到类似野兽爪子搔扒的声音，再以后是积雪被挤压的声音，最后是小鹿咯吱咯吱的嚼雪声和牙帮骨大肆打架的声音。

我们的身下，枕着一尺厚的白雪。领导宣布在这里露营以后，我埋头用铁锹拼命挖雪，一会儿就在身边堆起一座小雪山。领导走过来说，你这是干什么？

我说，把雪挖走，才能把铁锹埋进土里当支柱，把帐篷支起来。

领导说，你这个傻女子。雪下面是冰，睡在冰地上，明天你的关节就像多年的螺丝钉淋了水，非得锈死不可。

我说，冰和雪还不一样吗？

领导说，当然不一样了。雪是新下的，并不算冷。你没听俗话说过，下雪不冷化雪冷吗？雪底下的永冻冰层，那才是最可怕的。睡在雪地上，就像睡在棉花包里，很暖和的。

我半信半疑，但实在没有力气把所有的冰雪都挖走，清理出足够大的面积安营扎寨，只好睡在雪上。这会儿看小鹿吃得很香，不由得也从身下掏一把雪吃。为了预防小鹿汗脚的污染，特地选了我脑袋这侧的积雪。

海拔绝高地带纯正无瑕的积雪，有一种蜂蜜的味道。刚入口的时候，粗大的颗粒贴在舌头上，冰糖一般坚硬。要过好半天，才一丝丝融化，变成微甜的温水，让人吃了没够。

一时间我们不作声，吭哧吭哧地吃雪，好像一种南极嗜雪的小野兽。我说，小鹿，你把床腿咽进去半截了。

小鹿说，你还说我，你把床头整个装进胃里了。

我们互相开着玩笑，没想到才一会儿，我和小鹿的身体都像钟摆一样哆嗦起来，好像有一双巨手在疯狂地摇撼着我们，这才感到雪的力量。

小鹿……我们……不能再……吃下去了，会……冻死。我抖着嘴唇说。

小鹿回答我，好……我不吃了……我发现，雪是越吃越渴……

我们把自己缩成小小的一团，借以保存最后的热量。许久，许久，才慢慢缓过劲儿来，被雪凝结的内脏有了一点暖气。

我有点困了。小鹿说。

困了就睡呗。我说，觉得自己的睫毛也往一起粘。

　　可是我很害怕。小鹿说。

　　怕什么？我们的枕头下面有手枪。真要遭到袭击，无论是鬼还是野兽，先给它一枪再说。周围都是帐篷，会有人帮助我们的。我睡眼蒙眬地说。

　　小鹿说，我不是怕那些，是怕明早我们起来，会漂浮在水上。

　　我说，怎么会？难道会发山洪？

　　小鹿说，你是不是感到现在比刚才暖和了？

　　我说，是啊。刚才我就觉得暖和些了，所以才敢吃雪。吃了雪，就又凉了半天。现在好像又缓过劲儿来了。

　　小鹿说，这样不停地暖和下去，还不得把我们身下的雪都焐化了？明天我们会在汪洋中醒来。

　　我说，别管那些了，反正我会游泳。

　　小鹿说，我不会。

　　我说，我会救你的。你知道在水中救人的第一个步骤是什么？

　　小鹿说，让我浮出水面，先喘一口气。

　　我说，不对。是一拳把你砸晕，叫你软得像面条鱼。你这样的胆小鬼，肯定会把救你的人死死缠住，结果是大家同归于尽。把你打昏后，才可以从容救你。

　　小鹿说，求求你，高抬贵手，还是不要把我砸晕。我这个人本来脑子就笨，要是你的手劲儿掌握不准，一下过了头，还不得把我打成脑震荡，那岂不是更傻了？我保证在你救我的时候，不会下毒手玉石俱焚。

我说，哼，现在说得好听，到时候就保不齐了……

小鹿说，我们是同吃一床雪的朋友，哪儿会呢……

我们各自抱着对方的脚，昏昏睡去。

起床号把我们唤醒的时候，已是高原上另一个风雪弥漫的黎明。我们赶忙跳起，收拾行装。待到我们把被褥收起，把帐篷捆好，才来得及打量一眼昨晚上送我们一夜安眠的雪床。

咳！伤心极了，我们太高估了人体微薄的热量。雪地上不但没有任何发洪水的迹象，就连我们躺卧的痕迹也非常浅淡，只有一个轻轻的压痕，好像不是两个全副武装的活人曾在此一眠，而是两片大树叶落在这里，又被风卷走了。只是在人形痕迹的两端，有几个不规则的凹陷，好像某种动物遗下的爪痕。

那是我们半夜吃雪的遗址。

　　在高原上，爬山是家常便饭。就像你住在六楼，怎么能不爬楼梯呢？在拉练的日子，攀登更是必备的功课，几乎每天都要爬山。

　　爬山的实质，是人和地心引力做不懈的斗争。你用自身的体力，挣脱大地对你的控制，使自己向着太阳升去。如果你背的东西比较多，或者比较胖，那就更倒霉了，你不但得付出和别人一样的努力，还得加倍拼搏。因为那些东西和你多长出来的分量，都像秤砣一般拖着你的腿，逼你后退，你必须像扶老携幼的壮士，带着这些重量一道攀上高峰。

　　爬山的时候，喉咙会一阵阵地发出腥甜的味道，好像有一条流着血的小鱼卡在那里。按说，这很没道理，因为爬山时最辛苦的是手和脚。手要紧紧地扒住裸露的山岩，无论多么尖锐的石缝，为了有稳固的支点，你都必须把手指插进去，好像在坚硬的墙壁上钉入十根铁条。脚像螃蟹的爪子，要么尽量向两侧伸展，以扩大身体和山石接触的面积，一旦发生下滑，可以最大限度地增加摩擦力；要么利用脚骨的斜面，把它变成没有知觉的木橛子，深深插入岩缝，就像在巨幅画像下钉两根巨钉，才能保证悬挂着的身体突然坠下时可挽救危局。至于躯干，恨不能生出壁虎似的吸盘，牢牢粘在悬崖上。爬山使人体的各部分紧急动员，所有功能都充分调动起来，肌肉高度紧张，神经分外敏感。此刻的每一瞬间，都执掌着人的生生死死。

说起来，喉咙也很要紧，因为它是气道。爬山需要消耗大量的空气，就像前方在打仗，公路上运输的弹药物品就格外多。要是供不上气，手脚必得瘫痪。偏偏高原上稀少的就是空气，喉咙就得拼命工作，那种甜腥的感觉，一定是喉咙的某条微血管崩裂了，沁出鲜血。

一天，行军路上遇到一座险峻的高峰。尖兵报告说，曲折的冰崖阻住通路，攀登极为困难。领导给我们每人发了一条登山绳，让死死地系在腰上。

干什么用的？这绳子看起来还挺结实。小鹿说。

这是结组绳。你们三个人把它系好，就成了一个结绳组。领导指指小鹿、我和河莲。

什么叫结绳组？小鹿还问。

小鹿，你怎么这么笨？结绳组，顾名思义，就是用绳子把咱们三个结成了一组。从今而后登山时生死与共。要活大家一块儿笑，要死一起成烈士。河莲快人快语。

领导点头不语，看来河莲解释得不错。

那咱们就成了刘关张桃园三结义，恨不同日同时生、但求同日同时死啦！小鹿兴奋得两眼放光。

领导不爱听，说，这只是万一时的紧急处置措施，不要动不动就说死的事，你们还年轻。

河莲思忖着说，要是小鹿掉下去了，还比较好救。她反正分量轻，一把就拽住了。要是小毕嘛，就有点危险，那么重。她要是万一失脚，只怕一个人会把我们两个都拖入深渊，同归于尽。

我说，不就是因为我的吨位比较大，你们就这么害怕吗？好啦，我好汉做事好汉当，要是出现了可怕的事情，一定不会连累你们。我会自动把结组绳解开，和你们脱钩，一个人滑下去好了。

领导说，不许乱讲。真到了那种时候，更要同心协力，两个人的力量怎么也比一个人强。团结就是力量嘛！

河莲说，我和小鹿这就在腰里装些石头，提高自重，救小毕的时候把握大些。

我说，不定谁救谁呢！

大家说笑了一会儿，一根绳子让我们格外地亲近起来。

拉练已经进行了许久，我们对爬山也司空见惯。因为第一天行军就出现险情，领导调整了女兵背负的重量，让军马代我们驮一些装备。在后面的行军里，我们基本上可以保证不掉队了。我们自觉已是老兵，对山也有些满不在乎起来。

等到那座陡峭的冰峰矗立眼前，我们才知道，自己又一次低估了山的庄严和伟大。

它横空出世，好像盘古开天辟地时丢下的一根冰棍，高耸入云，经过亿万年冰雪的滋润，长得庞大无比，晶莹剔透。人踏在上面，像一只甲虫爬过，不留一丝痕迹。

队伍拉开距离，开始攀登。小鹿在最前面，我居中，河莲殿后。结组绳松弛地连接着我们，像一根保险索。在通常的时候，它并不影响我们的动作，只是无声地跟随着我们，好像听话的小狗。

爬山这件事，在没有出现险情的时候，基本上是你一个人单独挑战大自然。你和大山徒手格斗，每向上前进一尺，都是一个新的回合。你一步一步升高，山就一步一步退却。但山可不是好惹的，嫌你惊扰了它绵延千万年的安静，抽冷子就会给你一点颜色，让你措手不及。要是处置不力，也许就会在瞬息间，以生命作为疏忽的代价。

我仰望山顶，上面有松软的冰雪，看起来离我们很近。我想，顶峰上的雪和别处的雪，一定有很大不同。要不然，它们为什么会落在山顶，而不是在山腰呢？就像深海和浅海的鱼是不一样的，高山上的雪更神秘。我一定要尝尝山顶上的雪。

我们爬啊爬，谁也不说话。不是不想说，是不能说。因为一说话，分散注意力，容易发生意外。还有一个原因，雪像音乐厅里特制的墙壁一样，有很好的吸音效果，让你的声音像蒙在棉絮里呻吟一样，传不远，说起来很吃力。但是冰多的地方，又当别论。平滑的冰是音响良好的反射体，相当于大理石板，会使你的声音发出清澈的回音。我们此刻能发出的最大声音，是不停的喘息声。

爬啊爬，距离山顶好像只有五十米的距离了。我们费尽千辛万苦爬过这段距离，发现山顶还骄傲地耸立在五十米之外，漠然地俯视着我们。高原上稀薄的空气发生折射，使距离感变得虚无缥缈，引人错觉。我们并不懊丧，只是坚忍地向前，向上……爬山很能锻炼人的耐力，在攀登的队伍中，你像一支射出的箭，只能一往无前地努力挺进，绝无后退的可能。

我看见有一些鲜红色的小珠子，从我的嘴边滚落。我知道那是我把嘴唇咬破了，鲜血流了出来，马上又被严寒冻成固体。我一直不由自主地咬着嘴唇，好像那样就可以使自己积聚力量，保持高度的警觉，提高对付突然危险的能力。

在攀登中，人的思想变得很单一，就是抓牢山岩，不要被山甩下来。这样爬得久了，容易想别的事情。我想，祖先创造"爬"这个字，真是英明。它原本一定是预备形容野兽用的，爪和巴，表示所有的爪子，都紧紧地巴在地上，才能完成这个动作。我想，我的二十根脚趾和手指，都是大功臣。假如没有它们劳苦功高地揪住山的毫毛，我一定像块圆圆的鹅卵石，叽里咕噜地滚到山涧里去了……

在我们就要到达山顶之前，我突然听到一种奇怪至极的"咝咝"声，好像毒蛇的舌头在搅拌空气。当然，这是绝不可能的，阿里高原因为酷寒，是没有蛇的。就算有蛇，也绝不可能在冰天雪地里生存。恐怖的声音到底来自何方？没容我思索，腰间仿佛挨了致命的一击，猛地抽紧，勒得我喘不过气，一股螺旋般的下坠力量，像龙卷风一样吸住了我，裹着我迅猛地向山底滑去。

我在极端的恐惧中明白了——那毒蛇般的声音，是结组绳快速收紧、摩擦冰面的响声。河莲遇到了巨大的危险，正在滑向深渊。

随即我看到小鹿在我的上方，也被绳揪动，开始了危险的下滑。

这就是结组绳的力量。它把我们三个联成一个统一的生死与共的集体。要么共赴深渊，要么同挽狂澜。

稳住！一定要稳住！我听见河莲在喊，小鹿在喊，我也在喊……其实，那一瞬什么声音也没有，只是我们生命的本能在发出共鸣。我们被惯性拖着向下滑，就像坐滑梯，越到后面力量越大。当务之急是拦住我们的身体，阻止致命地下滑。

我们每个人都像八腕足章鱼一般，拼命扩大自己与山体接触的面积，以增加摩擦力。见到任何一条岩缝，都毫不犹豫地把手脚插进去，鲜血直流却毫无知觉。脚蹬掉一块又一块石头和冰块，听它们发出震耳欲聋的轰鸣声。七手八脚飞快地做着霹雳舞中类似擦窗户的动作，由于极度奋力，动作扭曲得可怕。我们甚至把脸也紧紧地贴在冰面上，利用凸起的鼻子和眉毛，使身体滑动的速度减慢……

终于，恐怖悲惨的下滑停止了。河莲被一块冰凌阻挡在半山，我们从死神手里赢回了关键的一局。

我们彼此看了看，脸色都像铁一般，冰冷坚硬。擦破的地方并没有鲜血流出，它们被冻住了，成了淡红色的冰。哈！我们还活着！这是多么值得庆贺的事情啊！我们揉揉脸上冻僵的肌肉，彼此做个鬼脸。我抖了一下结组绳，沾满冰凌的绳子发出嘣嘣的声响，好像一根巨大的琴弦，也在为我们高兴地叹息。

剩下的事，就是继续攀登。经历了一次生与死的模拟演习，我们更小心地珍惜生的权利。

爬啊爬……我几乎已经不去想顶峰的事了，只是机械地爬……突然，眼前一亮。整整几个小时，我的眼帘里除了冰雪还是冰雪，我们已经忘记了世界上还有其他的颜色。一片极大的蔚蓝色，像大鸟的羽毛，无声地将我覆盖。阳光温暖地抚摸着我的额头，把一种让人流泪的关怀，从九天之上无边无际地倾倒下来。

啊，顶峰到了！

顶峰是很小的一块地方，眼前一片凄凉的空寂，什么也没有。不，不对，这里有太阳和风。太阳在比你更高的地方，孤单地悬挂着，等着你来做伴。风几乎是和你一般高矮，掠着你的肩膀和头发飞过，好像要把你征服山的消息带到远方。我捏了一小撮儿雪，没敢取太多。我想山顶上的雪，必有一种神圣的魔力，我应该给其他登上山顶的人留一些。伸出舌头舔了一下，遗憾得很，山顶的雪和别的地方的雪，

味道是一样的。如果一定要找出它有什么不同，那就是有一点咸、有一点甜，那是我咽喉的血混到里面了。

我站在山顶的时候，小鹿在下山的路上，河莲在上山的路上，结组绳像金字塔的两条边长，山顶暂时成为它的制高点。我轻轻抽了抽绳子，她们都感觉到了，给了我一个回应。

我感觉到这是我们的生命之绳。山是不能征服的，我们爬上了山，我们又迅速地离开了山。我们只是山的匆匆过客。当我们还不曾来到这个世界的时候，山就存在了。在我们已经不存在的将来，山依然存在。和山相比，我们是那样渺小，可人也是很伟大的，以我们渺小的身躯，由于努力和团结，我们终于也有一瞬，站得比山更高，群山匍匐在我们脚下。

我又向四周张望了一下，然后下山。不知为什么，登上山以后，

人很容易感到心里空荡荡的，好像把一种很宝贵的东西安放在雪山之巅了。

我们默默地下着山，不断地对付着险情。俗话说，上山容易下山难。上山的时候，容易避开危险。下山则不然，脚心也没长眼睛，一不小心就出问题，有几次我失足下滑，要不是结组绳帮助，也许就会像在幼儿园滑滑梯一样，一直滑到雪山的肚子里，再也不见天日。

下了山，重新回到坚实的土地上，我们把结组绳解开，回头仰望高山，几乎不相信我们用自己的双脚，把它一尺尺地量过。但结组绳上的冰雪可以做证，我们以集体的力量，曾经到达过怎样的高度。

　　我十七岁的生日，是在藏北高原过的。那天，正好是军邮车上山的日子，这个生日便像美丽的项圈，久久地悬挂在我胸前。

　　喜马拉雅山、冈底斯山、喀喇昆仑山，像三柄巨大的棱锥，将我所在的部队，托举到了离海平面五千多米的高度。我的生日在十月，这正是平原上麦秸垛金黄而干燥的时光，昆仑山却已万里雪飘。就要封山了，封山是冰雪发出的禁令，我们将与世隔绝到春天。

　　战友们把水果罐头汁倾倒在茶褐色的刷牙缸里，彼此碰得山响，向我祝贺。对每月只有一筒半罐头的我们来说，这是一场盛大的庆典。

　　但心中总有淡淡的悲愁——我想家。

　　一位白发苍苍的老医生对我说，也许军邮车今天会来的。

　　你骗人！我大叫。有时候猛烈地指责别人说谎，其实是太渴望那消息真实。

　　军邮车大约每月从新疆喀什开上昆仑山一次，日子并不准，仿佛一只来去无踪的青鸟。老医生戍边多年，他的话有时像符咒一样灵验。

每年封山前上山的最后一辆车，总是军邮车。山下的人都知道我们的心。他晃着满头的白发，像一丛银针。

那天夜里，军邮车像破冰船一样，跋涉五天，英勇地到了，整个军营为之沸腾。我们真想欢呼，但军人只有打了胜仗才允许欢呼，于是我们屏住气盯着一处房舍。房舍门口站着两个威武的士兵。因为曾有一次，迫不及待的边防军人们跑去抢信，从此在军邮车到来的日子，分拣信件的房间便加站双岗。

各单位取信的人站在房外，一取到信就像古代的驿马接到加急文书，拔腿就跑，去把信件送给望眼欲穿的人们。

在高原上奔跑，不是一件轻松的事。这活儿一般都分给腰细腿长的年轻人，但白发苍苍的老医生执拗地要做这件事。知情的人私下里说，他家中有很老的双亲、很弱的妻子、很小的孩儿，想信比别人更甚。

老医生说，有一年封山的时间格外长。半年后军邮车首次上山，信件一直摞到分拣人的胸前。他们在信海中游走，呼吸都很困难。

老医生抱着一大摞信，我们扑上去抢。那时候干部去干校，知青接受再教育，妻离子散的多，信件也格外多。每个人都像蜘蛛一样，吐出思念思索的长丝，织一张自己的情感信息之网。

霎时老医生手中就空了，接下来是唰唰地撕信，信皮的断屑萧萧而下。

我最先看的是父母的信。仿佛有一只温暖而柔软的手，从洁白的笺纸中探出来，抚摸着我额前飘动的乌发，心便不再凄然。

再看同学和朋友的信。我的同桌此刻在遥远的西双版纳，信中夹了一朵花的标本。她说这是景洪最美丽的花,有沁人肺腑的香气。夹花的那页信纸留有大片紫色的痕液,想象得出花盛开时的娇嫩。我低头嗅那被花汁浸泡过的地方,哪儿有什么香气,有的只是纯正而凛冽的冰雪气息缭绕其中。

我连夜回信。平常日子,营区是柴油发电机供电,每晚只亮两个小时,然后就像木偶人似的眨几下眼睛,熄灭了。军邮车一来,首长便传令延长发电时间,以利于拣信和回信。首长其实也很盼信到来。

同屋的女兵嘤嘤地哭了起来。她的小侄子病了。我们都放下笔去劝她。然而,女孩子常常是这样:越劝哭得越欢畅。

老医生悠长地叹了一口气,告诉离得这么远的一个小姑娘,孩子的病就能好了吗?我家里人是从不这样的。

不一会儿,女兵停止了哭泣,因为从老医生送来的第二批信中,她得知小侄子的病已经好了。

要有经验,老医生说,把信全拆开,码饼干似的排好,从最后面的看起,前面的只能做参考。

这自然是至理名言。这么办,时间长了,我们也发现了弱点。好比一本荡气回肠的小说,快刀斩乱麻先看了结尾,再回过头去细细咀嚼,便少了许多悬念和曲折。

那一次军邮车上山,老医生没有收到一封信。按照他们家的逻辑,没有信来也许就是出事了。他的忧郁持续了整个冬天。

在这海拔五千米的高原营地,每逢有人下山,就会挨门挨户地问,我要走了,要不要带信?哪怕是平日最自私的人,在这件事上也绝对平和而周到，这是高原的风俗。

有时候突然写好一封信，又不知谁能带走，就在吃饭人多时喊，谁能下山，告诉我一声。一次，一个素不相识的人对我说，我知道你父亲的名字。你看过我的档案？我问。不是。几年前我为你代发过家信。我已经完全记不得是托什么人又转到他手中的，于是赶忙表示迟到的谢意。

在我十七岁生日过去半年的时候，收到了西双版纳同学的回信，那朵花怎么是紫色的呢？它是雪白的呀！而且，绝不可能没有香气！

信是老医生送来的。这是开山后的第一次通邮，他也很快乐，他的家里寄来了平安信。有时候他又突然疑惑，说他家会不会有什么事瞒了不肯告诉他。我们都说不会不会，你是家里的顶梁柱，他们离了你，根本就办不了事，怎么会瞒你！他也觉得很有道理，心宽许多。

终于，轮到他探家了。很早就告诉我们：他下山时专门预备一个提包，为大家装信。我便对着昆仑山皑皑的冰雪，咬着笔杆，从从容容地写了大约三十封信，每一封都竭尽我的才能。

我双手捧着这摞信，郑重地交给老医生。他的白发在雪峰的映衬下，晃动得像一盆水中的粉丝，你放心好了！我到了山下第一件事就是为大家发信。假如回信快的话，下次军邮车上来，你们也许就能收到回信了。

他走了。军邮车像候鸟，飞来一次又一次，但那三十封信一封也不见回音。原来他下山乘坐的车翻了，这在高原是很平常的事。熊熊烈火吞噬了他银发苍苍的头颅，那个装满信件的旅行包，顷刻间化为青烟。

那三十封信，只有给父母的那封，我重写了托人发出。给其他人的，便再也提不起兴致重写。只要抓起笔，老医生的白发就在眼前灼目地闪动，眼珠便发酸。大团大团的冰雪，在我胸中凝结。

后来，在老医生的追悼会上，我才知道他的生辰，远没有我想象的那样老。满头灿然的白发，是昆仑山馈赠他的不能拒绝的礼物。

他死了以后，军邮车还带来过他的家信。我第一次注意了一下地址：是广西一个很偏远的小城。又在地图上仔细寻找，那地方在北回归线以南，属于热带，该是非常炎热的。老医生的家乡，距离昆仑山大约有一万五千里。

那封迟到的信，边缘已经磨损，好像烙熟又蒸了几遭的馅饼，几处裂口的地方，被薄而坚韧的透明纸粘贴过，上面打着蓝色的印章："邮件已破，军邮代封"。

不知这是不是封报平安的家信？

二十年前的那个春天，我是在昆仑山上度过的。

昆仑山其实只有一个季节——冬天，春节过后那段漫长而寒冷的日子被称为春天，这是我们这帮小女兵从平原家中带来的习惯。

快到"五一"了，冰封的道路渐渐开通，春节慰问品运到了。五颜六色来自五湖四海的慰问袋最受欢迎。小伙子们希望从绣着花的漂亮布袋里，摸出一双精致的鞋垫，做一个浪漫的梦。姑娘们没有这份心思，只想找点稀罕的吃食，打打牙祭。整整一个冬天，除了脱水菜和军用罐头，没有见过绿色。可惜，关山重重，山路迢迢，花生走了油，瓜子变哈喇，沙枣颠成粉末，面粉烙的小馃子像出土文物……

突然闻到一股奇异的清香。

那是一个绣着黄色"八一"和红色五星的小白口袋。针脚毛茸茸的，绣活手艺不高，想必出自一个笨手笨脚的胖姑娘。

打开一看，是一袋葵花子。颗颗像小炮弹一样结实，饱满得可爱。我们每人抢了一把，一尝，竟是生的。葵花子中埋着一封信。

"敬爱的解放军叔叔们⋯⋯"

信是从广东省湛江市第二小学发出的。

我们趴在地图上找。唔，湛江，好远！那里是亚热带，一个很热的地方。

孩子们请求解放军叔叔们，把他们精心挑选出的葵花种子，种在祖国的边防线上。

我们把手中的葵花子放回布袋。那清香，是阳光、土地和绿色植物的芬芳。

昆仑山咆哮的暴风雪，伴随我们进行讨论。

为什么只写给解放军叔叔？边防线上也有解放军阿姨呀。

在国境线上种葵花，多美妙的想法！每当葵花开放的时候，我们将有一条金色的国境线。

这根本不可能！昆仑山是世界第三极，雪线上连草都不长，还能开葵花？！

我们都默不作声了，只听见屋外风在嘶鸣。

大家决定由我给孩子们回一封信，就说葵花子是解放军阿姨们收到的，只是这里很冷很冷⋯⋯

昆仑山的"夏天"到了。

信早已写好，却始终没有发出。我们大着胆子，把葵花子种在院子里。

人们都说活不了，却天天跑来看，松土施肥。

葵花发芽了。先探出两片嫩黄的叶子，像试探风向的小手掌，肥厚而天真。然后舒展腰肢，前仰后合生机盎然地长大起来。

昆仑山默默地认可了这些来自亚热带的绿色幼苗，就像它认可了我们一样。

然而，我们高兴得太早了。不知道该算是上个冬天最迟还是下个冬天最早的一股冷风，冻死了绝大部分葵花。

奇迹般地保存下一棵幼苗。它并不是最强壮的，也许因为近旁有一块大石头。受到启发，我们用石头为葵花围起一圈不透风的篱笆。

现在，我们每天趴在石头围墙上看葵花，不知道的人，会以为里面养着活蹦乱跳的小生灵。

这棵幸运的葵花，一往情深地看着太阳，勇敢地展开桃形的枝叶，茎上纤巧的茸毛，像蜜蜂翅膀一样，在寒风中抖个不停。也许它感到了昆仑山喜怒无常的威严，急匆匆地压缩自己生命的历程，才长到一尺高，就萌出了纽扣大的花蕾，压得最高处的茎叶微微下垂，好像惭愧自己为什么不长得更高一些。

那一年没有秋天。寒凝一切的风雪，毫无先兆地骤然降临。早上起来，天地一片苍茫，我们几乎是跌跌撞撞地扑向葵花。

石围墙也被飓风吹得四散飘去，向日葵却凝然不动地站立在那里，在冰雕玉琢的莹白之中，保持着凄清的翠绿。叶片傲然舒展，像一面面玻璃做的旗，发出环佩般的叮当之声。最不可思议的是，在它生命的最后一刻，居然绽开了一朵明艳的花。那花盘只有五分硬币那么大，薄而平整，冰雪凝冻其上，像一块光滑的表蒙子，刚分裂出的葵花子还未成熟，像丝丝柳絮一样优雅地弯曲着，沁出极轻淡的紫色。最令人警醒的是花盘四周弹射出密集的黄色花瓣，箭头一般怒放着，像一颗永不泯灭的星。

向日葵身上的冰花越结越厚，最后凝固成一方柱形的冰晶。

广东省湛江市第二小学当年的孩子们，但愿不要看到我这篇小文。愿他们心中永存一条盛开葵花的金色国境线。

假如有一天，我能重回昆仑山。在两座最高的山峰中间，有一块只有我们才知道的地方。在深深的永冻土层之下，有一方冰清玉洁的水晶，水晶中有一朵美丽绝伦的花，宛若雏菊半仰着脸，灿然微笑着……

我不知道它是不是世界上最小的葵花，但我知道它是世界上最高的葵花。

　　高原上的生物很少。像平原常见的飞鸟，比如麻雀、喜鹊，一种也没有。只有像乌云一般的秃鹫偶然飞过。大概鸟儿也因缺氧憋得喘不过气来吧？

　　人有一种爱养小动物的天性，我们就从山底下抱上来一只公鸡。一路上，随着海拔的不断升高，鸡冠子越来越紫，最后简直变成黑的了。好不容易熬到了目的地，我们赶紧把公鸡放在雪地上，心想让它换点新鲜空气，也许它会舒服一些。没想到，它的爪子刚一着地，立即就飞跑起来。跑了没多远，就一个跟头栽在地上，扑棱着翅膀死了。大家非常伤心。初到高原的生灵，是不能做剧烈运动的，要给身体一个慢慢适应的过程，可惜公鸡不懂得这个道理，就丧了命。

　　以后又从山下带上来一头小猪。这回大家有经验了，刚开始半个月，人们紧紧抱着小猪，不叫它活动，可小猪后来还是死了。医生说，小猪得了一种叫作高原肺水肿的重病。

　　过了些日子，有人从国界那边的印度进口了一只小黑猪。听说它老家的地势也很高，这样就不存在水土不服的问题了。

果然，这只来自异国的小黑猪平安地活下来了。大伙儿给它起名叫黑黑。

黑黑每天在我们的住处悠闲地漫步，把它的小尾巴得意地卷成一个"8"字。一到开饭的时间，它就从野外赶回来，等在饭厅门口，用长着双眼皮的大眼睛，眼巴巴地瞅着大家，嘴角还会滴下一串口水。

我们宁可自己先不吃饭，也要喂黑黑。这个给它撕一块馒头，那个给它舀一勺米饭。黑黑也很聪明，吃完了这个人的一口饭，就会走开，绝不会老围着你。人们抢着喂黑黑，有时就把黑黑搞得很狼狈，鼻梁上贴了一块豆腐，耳朵上挂着一缕粉丝。它很绅士，一点也不着急。等人们散开了，就自己跑到大石头旁边，把头上挂的食物蹭下来，再慢慢吃掉。

黑黑最爱喝甜牛奶了。刚开始是因为许多人是从农村来的，喝不惯牛奶。轮到喝牛奶的日子（不是鲜牛奶，高原上哪儿有奶牛啊，是用奶粉冲开的），剩的就格外多。炊事班就准备了一个大木槽盛剩牛奶。黑黑跑过来，把嘴巴拱进槽里，只剩两只眼睛在外面，咻咻地喘着气，埋下头谁也不理。你看不见它狼吞虎咽，只见它的脖子均匀地颤动，但槽里白色奶液的水平面迅速下降，一会儿就露出槽底的木纹了。好像槽子在我们找不到的地方裂了一个大洞，牛奶都渗到地下去了。黑黑抬起头，也很遗憾很吃惊地注视着木槽，好像自己也不明白：刚才还那么多牛奶，怎么一眨眼的工夫就不见了？

知道黑黑爱喝牛奶以后，我们就有意多给它剩下一些。

在这样丰富的营养下，黑黑迅速长大，不久就成了一只威武的大黑猪。甩着大肚皮走动的时候，好像一张黑丝绒壁毯在旷野移动。

高原上的尖石把黑黑的肚皮磨破了。开饭的时候，黑黑再也不能像原来那样飞快地跑过来，只能慢慢往家里挪。炊事班长看了心痛，就领黑黑到卫生科，对正在给人包扎伤口的护士说，给我们的黑黑看看病。

护士吓了一跳，说，我又不是兽医。

班长说，这病不用兽医，我就能看。把伤口消消毒，抹点药膏包起来就行。

护士说，谁敢钻到猪肚子底下去上药？它不咬人才怪呢！

班长对护士说，黑黑绝对不会咬你的。然后又对黑黑说，这是给你看病呢，千万不要乱动啊！好了，趴下吧。

黑黑就乖乖地躺在卫生科门外的地上，像平日吃饱了饭晒太阳的样子。

护士双手托着治疗盘，战战兢兢地走过去，消毒、上药……涂酒精的时候，黑黑可能感到有点痛，浑身抖了一下，但真的是没有动。

上完了药，黑黑站起来。它的肚子上多了一块雪白的纱布，好像一枚巨大的邮票。

第二天，护士偶然走出治疗室，看见黑黑正在屋外绕来绕去。

见到护士，它哼了两声，然后自动躺在地上。原来它肚子上的纱布掉了，伤口又露了出来。护士就又给它上了药。

后来，黑黑的肚子好了，又可以很有风度地在房前屋后散步了。我们眯起眼看看它，想起平原的家。有人说，在我们村子里，有一头和这一模一样的黑猪呢！

我是特意用"制"花圈这个词，而不用通常的"做"花圈。因为"制"的规模大，有流水作业大生产的味道。

二十多年前，我在藏北高原当兵。高寒、缺氧、病痛……一把把利刃悬挂在半空，时不时地抚摸一下我们年轻的头颅。一般是用冷飕飕的刀背，偶尔也试试刀锋。

于是就常有生命骤然折断，滚烫的血沁入冰雪，高原的温度因此有微弱的升高。

凡有部队的地方就有陵园。每逢清明和突然牺牲将士的时候，我们就要赶制花圈。因为我们是女兵，花圈就要扎得格外美丽。当我们最初扎花圈的时候，觉得像做手工一样有趣。

做花圈先要有架子。若在平原，竹子、藤条、木棍……都是上好的材料。但对于高原，这些平常物都是奢侈品。男兵用钢筋焊出一人多高的巨环，中间用钢丝攀出蛛网似的细格。花圈的骨骼就挺立起来了。

　　我们在乒乓球案子上做花。五颜六色的花纸堆积如山，刚开始的时候，似乎有些节日的气氛。女孩们分成几组，有的把纸裁成大小不等的方块儿，有的剪出形状各异的花瓣，有的用糨糊粘绿叶……有条不紊，各显神通。

　　忙了一阵子之后，所需的花朵基本上备齐了。屋里花红柳绿的，对我们习惯了莹白冰雪颜色的眼睛来说，真是享受。

　　该往黝黑的钢环上绑花了。一圈红的，一圈蓝的……白花最多，像高原上万古不化的寒冰。

　　花圈渐渐成形，女孩子们的嬉笑声渐渐沉寂。一朵朵的花是艳丽的，一圈圈的花就有了某种庄严。当一个个硕大的花环肃穆而凝重地矗立在我们面前时，一种被悲哀压榨的痛苦，像鸟一样降临在我们心头。

　　这是献给一个或一组年轻生命的祭品。

　　每次做花圈，都要整整干上一天。先给司令部做，再给政治部做，然后还有后勤部……人们认为女孩天生与花有缘，殊不知这凄冷的花卉，令人黯然神伤。

　　有一天下午，我们为一位牺牲在边境线上的战友赶制花圈。因为第二天就要下葬，一直干到凌晨三点。倦意袭来，绑花时钢丝不停地扎手，有鲜血像红豆似的渗出。马上就要完工时，桌上的电话铃猛然响了。我揉着眼睛问，什么事啊？

　　对方低沉着嗓音说，刚才夜间紧急集合时，一个战士翻身跃起，突然倒在地上死去了。请你们再赶制一副花圈。

　　那一瞬，我痛彻骨髓。那个不认识的男孩啊！当我们开始制那副花圈的时候，你还活着。当我们制完那副花圈的时候，就要为你制花圈了。

那一夜，女兵们彻夜无眠。当雪山上的朝阳莅临军营，大卡车把我们的产品运至墓地。

摄影干事们很忙。他们用最好的角度把墓前的花圈照下来，寄往内地的某处小村。那些牺牲了的士兵的父母，永远无法到达高原。他们会在无数个月夜，看着相片上的一丘黄土和伟岸辉煌的花圈，潸然泪下。

远处的半山坡上，有一排独立的小房子。平日总是锁着大门，大锁锈迹斑斑，叫人怀疑能否打得开。人们走过的时候，总是绕得远远的，仿佛那里潜伏着瘟疫或猛兽。

那是医院的太平间。

真想不通，汉语里为什么把和死亡有关的事，都叫作"太平"。比如，轮船上救生的太平斧，剧场里供大家逃难的太平门……好像一叫太平，再危急的事也可以化险为夷。

但人一死，的的确确是太平了。不太平的，是活着的人。

太平间躺着病死的人，基本上是独往独来。高原地广人稀，死亡的事虽然经常发生，因为总的基数小，出现的频率就不是很高。一般死了人，都由值班的医生、护士负责给死人更衣。要是轮到女兵上班，男卫生员们就会说，还是我们来吧，省得你做噩梦。

一天，边境线上发生了激烈的战事，伤亡很大。医生们都在抢救伤员，活着的毕竟比牺牲了的更重要。但尸体从前线拉回，卧在太平间，久久地不处理，也于情理不容。

领导找到我说，给女兵一个艰巨的任务。

我说，您说吧。

领导说，有一个年轻的班长，战死疆场。人手实在不够，要由你们给他更换尸衣，明晨下葬。

我说，还有谁参加？

领导说，还有政治部的一名干事，负责登记烈士的遗物等事宜。他以前处理过阵亡将士的事，有经验，你们听他的。但他身体不好，动嘴不动手，你们要多请示，多照顾他。

我咬着乱颤的牙关，说，是。心想，一个大男子汉，居然要女孩们在死人当前的时候照料他，真不知是他的耻辱还是我们的光荣。

我说，人在哪里？

领导说，干事吗？

我说，班长。

领导说，在三号。

就是说，尸体在太平间的第三间屋子。我回到宿舍，向大家传达了这个前所未有的任务，全场先是静寂了三分钟。炉子里有一块烧得正热的煤，啪地裂开了小缝，火苗从一大朵分裂成两小朵，发出丝绸抖动的声音。

我说，说话啊，现在又不是为烈士默哀的时间。

小鹿说，烈士是一位男的啦？

我说，阿里高原上的女兵都在这间屋里了，你说他是男的还是女的？

小鹿说，这个我知道。只是要给一个男青年从里到外换衣服，心里总有点那个，是不是连内裤都要换？

我说，是。他是我们的兄弟……

小鹿摆摆手说，大道理你就甭讲了，我都懂。我就权当他是一截木头好了。

果平说，比木头还是可怕多了。要知道，他死了。

小如细声说，咱们平常也不是没有在临床上接触过死人，没什么不一样的。反正都是个死，大着胆子收殓就是了。

河莲说，我看，还是有原则上的不同。病死的人，浑身是囫囵的，就算瘦得只剩下几根大筋，用医学的话讲是恶液质，毕竟五官完整。战死的人，你知道致命伤在哪里？若是在脑袋上，跟关公大老爷似的，头都没有了，或者说头虽然有，但身首异处，需要我们用丝线把脖子和脑袋缝到一起，那咱们可就有得活儿干了。

我本来胆子还大些，听河莲这样一说，毛骨悚然。可我是班长，三军不可夺帅，就狠狠地对河莲说，不得蛊惑军心！现在也不是冷兵器时代，不会出现一把大刀把头剁飞了的情况。就是战伤在头部，也不过是颅脑粉碎性骨折或大动脉断裂，头骨肯定还是在的。

果平说，哎呀我的妈呀，班长你就别讲了。血肉模糊脑浆迸裂，这比一个头叽里咕噜地滚到一边去了还可怕。

我说，不管可怕不可怕，我们必须完成任务。最简单的一个道理就是，要是你阵亡在这荒无人烟远离亲人的地方，浑身上下沾满血和泥巴，到处是和敌人搏斗的痕迹，你愿意就这模样埋进烈士陵园吗？

小鹿最先说，我不乐意。听我奶奶说，人死的时候穿着什么衣服，到阎王老子那儿就是什么打扮。所以，人的老衣都得是最好的。我们这么小岁数就不在阳间了，更得穿得像点样子，最好仪表堂堂。

果平说，你那是迷信啊。不过，活着的人会常常梦见死去的人。要是我们穿得太破烂，家里人在梦中相见的时候，心里会难过的。

小如长叹一口气说，真到了为国捐躯的时候，别的我也顾不了，但我希望给我穿一套干净衣服，不一定是新的，但一定要有香皂味儿。

河莲冷笑道，人都死了，还管那些。要是我啊，生是什么样，死也是什么样，无所谓，生死如一。也省得让别人心里起腻，在这里讨论来讨论去的。一把黄土埋了，大家清静。

你很难说河莲这番话是正说还是反说，但她刺激了我们，使大家脸上滚烫起来。是啊，都是为了保卫祖国，我们从各地聚集，来到这苍茫的世界第三极。现在有一个兄弟远行了，我们不能在他生前帮他击败敌人，难道在他死后，还不能伸出手去，为他的遗体做点什么，把他打扮得漂亮些吗？

我们排着队，缓缓地向三号太平间走去。一位瘦得像竹子的干事蹲在太平间门口，低着头，好像在看蚂蚁爬。当然了，地上肯定没蚂蚁，这里高寒缺氧，蚂蚁都不肯做窝。

你是小毕班长吧？我姓朱。他伸出手说。

和朱干事握手的时候，有一种被根雕捏住的感觉。我把他左右一打量，决定称他竹干事。竹干事拿出一把钥匙，边缘粗糙锐利，几乎没人用过，递到我手里说，你把太平间的门打开。

我说，你怎么不开？

他说，我胆小。

一个男人当着一帮女孩子的面，公开承认他胆子小，你还有什么可说的？我原来只以为他是个病秧子，没想到脸皮还挺厚。我心里也吓得够呛，但当着一班人，只有挺身而出，奋勇向前。

门开了。太平间的屋子并不很大，但给人阴森森的空旷感觉。地中央水泥制成的停尸台上，直挺挺地仰卧着一堆白色物体，依稀看出人的轮廓。上覆一匹宽长的白布，四角垂地，笼罩地面。我们依次走进去，围着尸床站定，默不作声，好像在瞻仰一座雪丘。

竹干事贴墙站着，保持着和尸体最大的距离，对我说，你去把蒙尸布揭开。

其实，从一进了太平间的门，我们已经没有退缩的余地了。无论如何都得把任务完成，这是铁的戒律。但是我讨厌一个男人临阵脱逃的胆怯，更甭提他还是我们之中，唯一处理过阵亡事宜的老手呢。

我反问，你干吗不去揭布？

竹干事很惊讶地说，你们领导没和你说过吗？

我说，说了。说你有经验。

他说，除了这个，就没说别的了？

我只好说，还说你动口不动手。

竹干事说，这就对了。那我现在动了口，你为什么还不动手？

我说，你是老兵，应该给新兵做个榜样。你有经验嘛！

竹干事苦笑着说，我有什么经验？不过就是处理过一次敌方死尸。那是一个三十多岁的大胡子，两条腿炸断了。原本想就那么连着衣服埋了。后来上级指示，出于革命的人道主义，还是收拾得体面些。第一步要把身上的血污洗了，开始我们用刷子刷，没想到血是刷掉了，但肉也跟着掉。不知是谁想出的法子，在尸体的脖子上套了一根绳子……

我们又怕听又想听，恐惧地盯着竹干事苍白的薄嘴唇。小鹿忍不住哆嗦着下巴问，你们是打算，把他，再吊死，一回吗？

竹干事不理这茬儿，接着说，我们在尸体的腰当间也拴了一道绳子……

河莲说，我的天，该不是要五马分尸吧？

小如掩着半边嘴说，有革命的人道主义管着呢，别瞎猜，太吓人了。

竹干事有个本事，就是你说破大天，他沉着镇定，一派大将风度，按自己的顺序走，一板一眼说下去。

我们把大胡子上下拴好，就把他沉到河里，拽着两道绳子在河岸上慢慢走。他躺在水里，被太阳晒热的水，从他身上缓缓流过，头发飘着，很悠闲的样子。我们累得够呛，像伏尔加河上苦难的纤夫。大胡子刚开始下水的时候，水是清的。过了一会儿，下游的水流渐渐地变脏了，那是大胡子身上的硝烟和火药末脱落下来。又过了一会儿，水流变红了，那是凝结的血块溶解了……

小如捂着耳朵说，竹干事，求求你，别讲了。我直恶心。

河莲兴致勃勃地说，讲，讲！真是新鲜事，从来没听过！

我从骨子里是一点也不想听这种可怕的经历的。可我知道，当一个女兵，必要的时候要有铁石心肠。竹干事看起来瘦弱，意志却很顽强，才不在乎你是不是恶心欲吐，坚持按自己的想法行事。

……等到河水再次变清的时候，我们就把大胡子拉到岸上，平放在岩石上……竹干事依旧平静地叙述着。

大胡子的肚子是不是胀得像个鼓？河莲嘟起自己的腮帮，好像自己也被人按到水里，淹了个半死。

没有。溺水的人腹胀如鼓，那是因为在水中挣扎，把太多的水灌入胃里。或死后尸身腐败，产生气体所致。大胡子是死后入水，牙关紧闭，肚子里没进水。再说，我们很快把他从水中拖出来，他也来不及腐败。竹干事很科学地解释。

可他总会有一点变化的。就像我们在水里洗衣服，时间长了，手指肚也会泡得发白。果平很有点打破砂锅问到底的英雄气概。女孩子好像有个通病，越可怕的东西越好奇。

竹干事有些惊异地说，你有经验，猜得很对。大胡子被流动的河水洗得很干净，皮肤稍微有一点肿，这使他看起来比我们刚认识他的时候，胖了一点。我和我的战友们坐在河滩的巨石上，谁也不说话，抽着烟，静静地等着呼啸的山风和西斜的太阳，把大胡子吹干。突然，我的战友站起来，走到大胡子身边，把一支点燃的香烟塞到他手里。我说，这是干什么？战友说，我刚才拖他的时候，看到他右手的食指和中指肤色很黄，说明他是一个老烟鬼。他躺着看着咱俩吸烟，一定眼红得不行。给他解解馋吧。

我看着袅袅的烟气，像风车一样，在大胡子胸前绕啊绕……

后来呢？我们几乎异口同声地问。

没有什么后来。竹干事说。后来大胡子被风吹干了，衣服和脸都很干净，只要不看他的膝盖以下，像一个旅游时睡着了的异国人。我们给他的遗体照了相，按照他们的风俗，用白布裹起来妥善地安葬了。每一步处理都照了相。听说这些相片都在外交部的铁匣子里放着，作为曾经发生的历史，保存着。

屋里很安静。好像大家都消失在空气里了。许久后，小如说，我以后再也不喝狮泉河的水了，它洗过死人。

竹干事说，你尽管喝水就是。洗过死人的狮泉河水，早就流进印度洋，只怕现在都到北冰洋里打漩涡了。

河莲最先从故事中苏醒，说，竹干事，你既然这么有实践经验，为什么非要我们班长揭开盖布，何不身先士卒？

竹干事说，你以为我不想在女孩子面前表现英雄气概？只是从那次以后，一碰到和死人有关的事，我就骤发心动过速，吃什么药也不管事，真气死人。也不是害怕，我当时不害怕，以后也不害怕。但是我脑子不怕，心却不争气。战友们都知道我这毛病，凡是和后事沾边的活儿，一概不让我参加。这次战事较大，大家都很忙，是我主动要求处理尸首的。这会儿心跳已经像锣鼓点了。我就不亲自动手了，请诸位娘子军原谅。

我们表示了充分的理解。只是河莲嘟囔了一句，竹干事，可惜了。你这个样子，恐怕当将军无望了。

我义不容辞地走上前去，揭开了尸床上的盖布。我的动作很大，想象中，那布该是冷重如山。不想白布像云一般，飘然飞起，在半空中平平地伸展开，好像被一股神奇之气横托着，久久才悠然而落。一名年轻士兵的脸，像新月一样，洁白光滑地对着天花板，静静地躺在水泥床上，眼皮微睁，蝌蚪般漆黑的瞳仁，稍微倾斜地看着我们。

悚然震惊！

在揭开这块布之前，虽然他明明就在我们身边，我们下意识里以为他未必真的存在。揭开这块布以后，他以极大的威严君临一切，不存在的是我们。

他穿着很整齐的棉军装，只是腰间有些臃肿，好像揣了几颗手雷。其他部位严谨利落，并无血迹，一时间竟看不出伤处所在。脸如同大理石雕刻，因为失去了热血灌注，就像高大的乔木在冬季落尽叶子，线条刚硬简洁。嘴唇的曲线因为死前的痛苦与坚忍，略有弯曲，好像有一句很重要的话，封闭在紧咬的牙关之后。他的手很规矩地半握着拳，紧贴着裤线安放着，似乎准备随时收起肘关节，取胸前半端位，唰唰摆动起来，应和着口令开始跑步。

竹干事挤在墙角嘶哑着嗓子说，先找到伤口，然后清洗。接着给他穿上新军装。旧衣服里面的每一件遗物，都要告诉我，我好做登记。如果有钱什么的，更要保存好，以便交给家属。

我们无声地点点头，表示明白了。

我轻轻地走到班长面前，解开了他棉衣的扣子。那些圆滑的塑料扣子，因为一直在冰冷的太平间里沉浸着，摸在手里，如同机器制造的冰雹。我的手指不一会儿就冻僵了，解得很慢，大家凑过来要给我帮忙。我说，河莲站对面，暂时有我们两人就够了。别的人听我指挥，需要什么东西，你们好去找。

我知道给死人脱衣穿衣，比给活人做这套动作麻烦多了。本来只以为他不会配合，操作者多费点力气就是，干起来才明白，生死这道分水岭，把简单的事变成了一道天大的难题。

上衣扣子解开后，局势开始明朗。腰间的膨出更加明显，暴露出白色的三角巾，那里必是致命的伤口所在。三角巾其实完全不能再称为白色，它被鲜血染成通红之后又凝结为深咖啡色，坚硬干燥，像一块巨大的巧克力板。

我企图把它解开，马上发现是痴心妄想。血液凝固再加冷冻，强度赛过钢板。我头也不抬地问，腹部缠着浸满陈血的三角巾，解不开，怎么办？

我知道竹干事在远处密切注视着事态的进程，以他的经验，随时准备答疑解难。

先把情况搞清楚。竹干事指示。

我观察了一下三角巾，因是战友匆忙包扎，不似专业医务人员规范，有的地方紧，有的地方松。我把手指探到血绷带之下，艰难地暗中摸索。先是在腹部正面触到半个圆滚滚的东西，好像是老式的台灯罩，然后又在它的四周摸到一摊腻滑的东西，好像是盘起来的电缆。经过卫生员训练，我对人的肚子部位大致该有什么，已是心里有数，但对这摊物件，实在想不出是什么，颇感莫名其妙。

·

看我愣着发呆，竹干事说，摸着什么啦?

我说，不知道。硬，滑，圆，一缕一缕的……

那是肠子。竹干事说。

我结巴着说，在……哪儿? 肠……子?

就在你手底下。竹干事把头扭向一侧，不看我，盯着太平间洁白无瑕的墙壁说。

我说，你也没见，怎么知道?

竹干事说，这就是老兵和新兵的不同、干部和战士的区别。咱们吃军粮的年头还不一样呢。子弹击中了这小伙子的肚子，肠子流了出来……就这样。很简单。

既然确定是腹部外伤，伤处就是清洁处理的主要部位。再像挖巷道那样，把手探进去作业肯定不成，需要把三角巾取下来。

拿剪子。我吩咐道。

小鹿说，拿哪种剪子呢?

我们每个人只有巴掌大的旅行剪刀，平常剪个补丁什么的，还可凑合。对付这种血染的绷带，简直是头发丝系轮船，力不从心。炊事班还有几把抠鱼鳃破鱼肚的大铁剪刀，用于烈士身体显然不敬。我略一思索，转而对果平说，去，把手术室的剪刀拿来。

按说我一个小兵，没权私自把手术室的装备带到太平间。但县官不如现管，果平是手术室的护士，我是她的班长，调把剪刀出来，还不手到擒来?

果平跑出又跑进，把锋利的手术剪刀递我说，给。

我操刀就剪，原以为必然势如破竹，没想到，不锈钢的剪刀只把血纱布豁开一个小切口，就再也推不动了。好像用刮胡刀片切西瓜，深入不下去。

我埋怨果平，你这剪刀也太钝了。

果平委屈地说，我特地挑了把新的呀！

我说，那就换大号的手术刀。

果平刚要再跑，竹干事说，刀也不一定行。手术器械都是给活人准备的，自然以小巧精确为上。对付死人，又是血又是泥的，搅到一块儿，比混凝土还结实，好比是秀才遇见兵，没用。人已经死了，就不必考虑那么多了，用锯吧。

我对小如说，你到木工房去一趟，借把锯来。

小如说，他们那儿正赶做棺材哪，不一定借得出来。

我说，就一会儿，跟他们说点好话。再说了，咱们这儿要是不给烈士穿好衣服，他们的棺材里躺谁啊！

小如拔腿走，竹干事说，顺便再借个木匠来。

小如说，干什么啊？

竹干事说，谁能使锯子？你们还是我？我是会，可这会儿我的心跳已经一百八十下了，没法干活儿。也许我官僚，调查研究不够，你们这里还有女木匠？

河莲鼓了鼓嘴巴。我知道她老爹是将军，指挥打仗可能有遗传，但木匠肯定没练过，把嘴鼓成蛤蟆也没用。

小如说，借借试试。但锯子有百分之八十的准头，木匠只有百分之二十的把握。

竹干事说，你先去。木匠如果不来，我就带着枪去请。

这事就算商量妥了，没想到河莲说，用人工多慢啊，用电锯多好啊。

我没好气儿地说，到哪儿找电锯？

河莲胸有成竹，说手术室就有电动骨科锯。

果平说，哎呀，我倒忘了，真是有的。只是平时极少用，只有截肢的时候才拿出来。河莲，你眼里真有东西，连我这个手术室护士都没想到。

河莲说，你忘了我曾在手术室代过几天班？你的家当都印在我的脑瓜里了。随时留心地形地物和一切地面设施的分布与功能，是一个优秀军人必不可少的素养……

我打断她说，河莲，那你会用电锯吗？

河莲做出不好意思的模样说，真叫你猜着了，我偷着练过，还真能凑合着用。

果平惊道，你本事可真大，就差没偷着给自己开刀了吧？

河莲惭愧地说，我用锯没有师傅指点，按照书上写的自己摸索，操作不一定正规，也算是自学成才。

果平取回骨科电锯，寒光闪闪，令人生畏。河莲接过来，对着烈士说了一句，大哥，我自知手艺不精，可事到临头，只有我为您做这件事了。您就多担待着点吧。我呢，手下也悠着点劲儿。好在您那么重的伤都忍了，这会儿感觉也不灵敏，熬一熬，马上就过去了。您要没什么意见，咱这就开始了。

我们扭过头看看尸床上的班长。千真万确,我们都看见他眨了一下眼睛。

河莲说完,操着电锯,接上电源,跃马横刀,就在血板上操练起来。电锯发出暗哑的噪声,像一头沉闷的野兽在呜咽。布三角巾的纤维应声断裂,沿着锯口的边缘卷曲起来,每根布毛的外周都是暗褐色的,但血未能浸透的内芯,还保持着布的本色,好像一种外红内白的奇异羊毛,被一根根扯断了。

机械化就是比手工快得多,片刻工夫,血板像断裂的盔甲,碎为两瓣。河莲放下电锯,用力一掰,血板就像散了桶箍的木板,向两侧打开。班长神秘的腹部,暴露在众人眼前。

真相大白。

他的下腹部是一个触目惊心的大弹孔,肠子汹涌地流出来。急救时,战友们用一个大号军用饭碗扣在肠管上面。碗口罩不住,长长的肠子就盘在碗的四周,好像水泥管子上头盖了一顶小草帽。

竹干事远远地看了一眼,闭着眼睛说,把碗取下来,把肠子塞回去。

这无疑是正确的。但人的肠子流出来容易,塞回去可不那么简单。首先是碗取不下来。它和肠子紧密粘成牢不可破的一坨,好像埋藏了千万年的化石。

当然,可以再用刀锯之类,强行把碗取下。但无论怎样小心,都会伤了班长的肠子。哪里能忍心让战友再受伤害!我们盯着竹干事,等他拿主意。

竹干事眯缝着眼,似看非看地朝着这边,想必也在发愁。

点火！竹干事说。

烧哪儿？我们齐声问。

当然是烧炉子！莫非你们还想把房给烧了？竹干事火了。

太平间里是没有炉子的。当初盖屋的时候，设计者一定想死人不需要保暖。今天为了让凝固的肠子和饭碗分开，必须加热太平间。

搬炉子架烟囱来不及，我们分头从别处找来几个炭盆，把燃烧的红柳根放进去，围着尸床摆了一圈。旗帜般的火苗在盆里欢快地跳跃着，由于冷热空气的剧烈对流，火舌会突然冲出盆子的上空，互相勾引着，在一个极短的瞬间，在空气中融成不规则的火环。然后又气急败坏地分开，独自很有弹性地跳动着，给屋里带来春天的气息。静卧着的班长的头发被气流吹开，惨白的脸庞反射着金粉色的光辉。

等待。等待铁和血的分离。许久，许久。我们默不作声，在死去的人周围架起火焰，让人有一种宗教般的感悟，说不出话来。竹干事似乎受不了压抑的气氛，到屋外换气。

有滴答的血水从尸床上流下。河莲用手轻轻一拔，碗就取掉了。

我们都倒抽了一口冷气。没了饭碗的掩饰，致命的伤口更加狰狞可怖。血肉横飞不说，透过肠子的缝隙，依稀看得到尸床的水泥板。

腹部贯通伤！河莲叫起来。

更可怕的还在后面。班长正面的伤口很吓人，背部的枪眼却很小。敌人丧心病狂地使用了国际上禁用的汤姆弹，炸出了巨大的创面。

河莲严峻地说，班长，你知道这说明了什么？

我茫然地说，说明了敌人很残暴。还说明什么呢？

河莲愤怒地说，还说明了子弹是从背部射入的，说明在战斗中，这位班长是用脊梁骨对着敌人，也就是说，他是——逃兵！

这怎么可能？一时间，我们呆若木鸡，赶快用眼睛搜寻竹干事，他领着一个圆圆脸的小兵，正好迈进门。

这是和班长烈士一起参加战斗的战士，让他给你们讲讲经过吧。竹干事看着地面说。

圆圆脸听到了河莲最后的话，怒火冲天地说，谁说我们班长是逃兵，谁就是敌人的奸细……

我们当然知道河莲不是奸细了，但圆圆脸的心情也可理解。听他讲完，我们才知道子弹为什么从背后击中年轻的班长。

在边界上活动的叛匪，极端剽悍骁勇。他们奉行一种打得赢就抢、打不赢就跑的策略，经常从国境的那一端武装回窜，见了老百姓的牛羊就抢，然后一声呼哨，流窜回那边，围着篝火烤着抢来的羊腿，吃个一醉方休。待到羊腿吃光，舔舔嘴唇，他们又开始策划下一轮的抢劫了。

老百姓遇难，首先想到的是找边防军。这一天，有人报告，叛匪又来了，抢了牛羊，正在向格乐山口逃窜。边防军兵分几路，向格乐方向飞驰，力争在国境线的这一面，把敌人堵截住，把老百姓的牛羊救下。

我和班长一路，我们跑得最快，班长做梦都想立功。圆圆脸说。

前面是一座高山，有一个山口。我们骑着马，旋风一般向前冲去。马上就要到山顶了，按照常规，应该下马，匍匐前进，侦察好前面的情况，再继续追击。可是班长求胜心切，怕敌人赶在我们前面撤回国境那边，就大叫了一声，同志们，跟我冲啊！第一个飞上了山顶。叛匪多么老奸巨猾，他们算定了边防军一定会拼命堵截，就事先在路上埋伏好了，把枪口的准星和山顶对成了一条线，只待我们的人马一出现，就开枪阻击。在平常的电影和小说里，都是我们打鬼子的埋伏，其实，敌人也会这一套，也能给我们布个口袋阵。班长骑着马，冲上顶峰的那一瞬，我正好在班长旁边，稍靠后一点。班长英武极了，背后是雪原，像是天兵天将。没想到，就在这一秒钟，敌人的枪声响了……他们都是惯匪，加上又有准备，枪法很好，第一枪就击中了班长的马眼。那马眼珠迸裂，一声嘶鸣，痛得腾空跳了起来，疯狂地掉转了身子……正在这时，敌人的第二枪赶到了，他瞄的是班长的胸膛，由于战马飞腾而起，转了一百八十度的圈，这发子弹就从班长的背后射入，把肚子炸开了。

我们慌了，眼见得班长的肠子像绳子一样地掉出来。我们喊，班长班长……班长说，喊什么，没见过人肠子，还没见过猪肠子吗！他一边把掉出来的肠子往伤口里送，一边说，别管我！快打敌人！我们立刻开始了还击，把子弹像泼凉水一般地洒过去。叛匪看势头不好，就甩下被打死的同伙和抢来的牛羊，缩回到国境那边。

我们围着班长，他的肠子送回去一部分，还剩一些塞不进去。人的肚子也像箱子似的，有的时候，你要是把东西都翻出来，再放就盛不下了。不知是谁想起，战地救护手册上写过，碰到肠子流出来，要用一个干净的碗扣在上面。我就把饭碗拿出来，那个碗就是我的……

圆圆脸指指炭盆旁的大号军用饭碗。

……一个战友撕开了急救包，把班长的肚子包扎起来。班长说，战斗很漂亮啊，除了我，你们都可以立功。我们说，班长，头功是你的。班长说，我口渴……到处都是雪，因为追击紧张，我们都没带水壶，这时就用嘴巴含了雪，化成水，喂给班长……班长的血流个不止，地下成了一片红雪。班长刚开始还能咽下我们的水，但过了一会儿，牙关就越来越紧，雪水也喂不进了。我们吓得不行，有几个人就掉眼泪。班长说，别哭，战士可以流血，不能流泪……我好想家里的人啊……话没完，人就不行了……

圆圆脸说到这儿，泪流满面。

河莲说，合着你们班长连一个敌人也没打死，整个是壮志未酬。没点军事头脑，死得没价值，冤枉啊。

圆圆脸说，不许你这么说我们班长。他只比我大一岁，也没上过军事院校，看过唯一讲兵法的书，就是《水浒传》。他用命告诉我们，让我们都记住了，打仗会流血。

河莲说，干什么都会流血。

圆圆脸愤愤地说，你们躲在后方，流什么血！

一句话把大家噎得哑口无言。竹干事有气无力地说，分工不同。你去让后勤部把新衣服送来，记着要比你们班长平日穿的大一号，帽子要大两号，鞋要大三号。

圆圆脸走了。大家说，下一步干什么？

我说，把班长全身的旧衣服都换下来。

竹干事说，对。可以用电锯，但记着别把衣服的兜锯破，一会儿还得清点遗物。

河莲很乐意干这活儿，电锯忙碌不停，好像在锯一棵古树。棉衣锯开了，棉裤锯开了，绒衣锯开了，绒裤锯开了……卸下的衣服堆在墙角，支离破碎。

班长现在像个婴儿一样无牵无挂地躺着，我们开始为他洗澡。我们用新的毛巾，泡在温水里，轻轻绞干，很仔细地给他洗脸擦身。

把班长像件瓷器一般洗干净，新衣服也送来了。穿衣的时候，我们遇到了今天以来最大的困难。新衣服不像旧衣服，可以一毁了事，必得整整齐齐、妥妥帖帖套在死人身上。人又不是木板，你说怎么穿？

裤子还好说，我们搬起他的腿，托着他的腰，费了九牛二虎之力，总算穿上了。那一堆肠子不好处理，塞不进去又不能耷拉着。大家就把地上的瓷碗又捡了起来，盖在肠子上，用绷带绑好。除了小伙子的肚子看起来有些大腹便便，基本上说得过去。

关键在上衣。好不容易穿上一只袖子，那一只无论如何都穿不上。班长的胳膊硬如铁棒，完全不会打弯。

给死人穿衣服，是不能一只袖子单穿的，必须扶他坐起来，把他的两只胳膊一齐向后伸展，就像我们平日上双杠做预备动作似的，同时往后悠，两人齐努力，衣服才能穿上。竹干事萎靡不振，声音小得像马蜂嗡嗡，幸好还清楚。

虽说我们和烈士班长相处已经有一段时间了，但一想到要扶他坐起，还是让人不寒而栗。小鹿说，我还是在前面压着他的腿吧，省得他一下坐不稳了，摔到床下。

大家都觉得她有点担子拣轻的挑的意思，可一想她最小，就拉倒了。

河莲主动说，我在后面扶着。你们给他穿衣服，动作要快点，时间长了，我可坚持不了。

竹干事有气无力地说，他怎么也是个小伙子，你是小姑娘。他的分量有你两个沉，要是撑不住了，我帮你。

河莲说，没事。万一顶不住，我就坐到水泥台子上，和他背靠背。小时候玩翻饼烙饼的游戏，都这么来着。

竹干事叹道，好样的。你这丫头有勇有谋，以后能当团长。

河莲说，团长算什么？官太小了，我起码要当到军长。

大家说着，颤颤巍巍地把班长扶坐起来。那张原本已经看熟的脸，一旦从躺着变成立着，又使人震惊一次。班长的身后，由于积血形成大片尸斑，全是怪异的深蓝色。他的手向后伸的时候，胳膊也是半只白半只青，煞是恐怖。

我们给他穿上本白色的士兵衬衣，把不祥的蓝色遮盖住，然后是绒衣和棉衣。待到一切收拾完毕，我们已累得汗流浃背。班长重新睡下时，身着崭新的军装，除了腰带处有点窝囊，其余精干无比。但是我们在给他穿鞋子戴帽子的时候，困难重重。虽然竹干事未雨绸缪加大了尺码，但班长的头和脚都肿胀了，帽子戴不下，鞋子穿不上。

怎么办？我们只有再次请示竹干事。

用剪子。竹干事说。

剪哪儿？我们不知底细。

剪帽子的后面和鞋的两侧，但要伪装好，让人从正面看不出来。竹干事捂着胸口，支撑着说。

我们照章办理，总算收拾就绪。现在，一个军容整齐的小伙子，微闭着眼，英俊潇洒地躺在我们面前，好似胜仗之后在树下小憩。

啊啊，总算干完啦！我们小声欢呼起来。当然，当着烈士遗体欢呼，很不礼貌，但死亡既已无可挽回，年轻的士兵，此刻必然也满心希望以最整洁优雅的形象告别人间，大概也会原谅我们。

竹干事用眼光命令我们把白布蒙上。他认为只有和烈士隔开，我们才有权大声喧哗。我对他说，你要是不舒服，就去休息。剩下的事，我们能干。我冲着破碎的旧衣服了努嘴，心想，不就是抱出去烧掉吗？

竹干事说，剩下的事，你可干不了，那是我的正经项目。说完，他掏出一个文件夹，摊开后说，你们谁给我找个凳子来？

烈士躺着，竹干事坐着，我们开始清点并记录军衣兜里的遗物。

钢笔一支。英雄牌，黑色老式。河莲像饭馆里跑堂的小伙计，拉长嗓门儿报着。

伤湿止痛膏两贴，啊，不对。是一贴半。有一面已经揭掉用了。小如轻声说，刚才我给他擦身的时候，在左膝盖看到那半贴了。想不到年纪轻轻的，就得了关节炎。

竹干事不喜欢婆婆妈妈，说，关节炎是高原病，和年纪没关系。谁都能得，比如你，比如我。接着干活儿吧。

小鹿高声叫起来，说，哈！你们猜，我在他兜里翻出了啥？

竹干事说，大惊小怪什么？一个当兵的，能有啥？肯定没存折。

小鹿不理他，继续兴致勃勃地说，是糖啊。三块真正的水果糖，和发给我们的一模一样的水果糖。

小鹿的手心里，托着几块包着草绿色糖纸的水果糖。摩擦久了，翘起的糖纸几乎掉光，椭圆形的糖块儿沾着斑斑点点的绿色，好像池塘里的小乌龟。

竹干事放下笔说，这就不必记了。都是军需发的大路货，没什么特别的价值。家属也不一定需要。

看着那三块糖，我突然热泪盈眶。在这之前，我一直无法把死去的班长当成一个曾经活过的人，尽管他在我身边，我仍觉得他是幻影，一切都不真实。但这一瞬，我明白他曾是一个活生生的人，像我一样爱吃糖。我被刻骨的悲伤击中。

在高原上，凡是外出，可能遭遇种种意外。飓风、雪崩、饥饿、酷寒……要想生存下去，你必须要有热量。糖就是最好的热能，所以，每逢有人走进风雪，叮嘱的最后一句话定是——你带上几块糖了吗?

糖，在某些时候，就是生命啊。

这几块糖，是班长临出发的时候，装入口袋的。哦，也许不是这一次，从糖的磨损和任务的紧急程度看，估计是早已放在身边的陈物。糖，是高原的护身符，班长放入这糖的时候，一定是满怀生的渴望。此刻，糖仍在，生命已悄然远去。这几块糖，寄托了班长对生命的眷恋，怎能说没有特别的价值!

我对竹干事说，留着这几块糖吧。送给他的爸爸妈妈，这上面有烈士最后的手印。

竹干事说，女孩子就是事多，多愁善感。

但他还是很给我面子，在登记簿上歪歪扭扭地记下：军用水果糖三颗。

还有吗？竹干事问。

没有了。我们齐声回答。

没钱吗？竹干事追问。

没有。我们万分肯定地回答。

一分也没有吗？竹干事继续问。他倒不是不相信我们，因为事关烈士的遗产，必得一清二楚。

一分钱也没有。我们斩钉截铁地回答。河莲小声嘀咕，山上一千公里内没有人烟，哪儿有商店？倒是想用钱买氧气，可谁卖给你啊。

竹干事假装什么都没听见，走到破烂的碎军衣堆前，说，我还得亲自检查一遍，这是规矩。他一块块碎布细细捏着，好像哨兵在搜查敌军的情报。最后拿起一件衬衣的残骸，说这里面有个小兜，你们看了没有？

果平说，没看。那个兜有什么用？装了东西，磨得胸前痛。

竹干事冷冷地说，那是女人。男人总是把最心爱的东西藏在这里。说着，他从衬衣的布条里，抽出一个牛皮纸信封。

我们惊骇莫名，看着竹干事打开信封，他突然扑哧一声笑了。我们这才敢围拢过去，端详信封中的东西。

一张四寸大小的彩色照片，花红柳绿一个乡下妞，露着不整齐的白牙，很忸怩地看着我们。

这是班长他姐吧？要不是他妹？可是怎么长得不大像？河莲自语着，顺手还掀开白布单，朝烈士脸上瞄了两眼。

竹干事说，你这个姑娘，一阵聪明一阵傻。有把姐妹的照片这么贴心摆着的吗？依我的经验，肯定是未婚妻。

未婚妻？我们惊叫着，又像铁桶一般围过去，火眼金睛地将那女子看了个彻底。小鹿捂着嘴说，嘻嘻，长得可真难看！

不知是乡下的摄影师水平太差，还是这女子貌不上相，反正从照片上看：眉毛粗重，鼻梁塌扁，嘴唇阔大，牙列不齐。全脸唯一可夸奖的是眼睛，大而圆，有一种猫一般的灵光。

我们之中相貌最好的小如，倒还比较宽容，说，她笑得挺开心啊。

果平说，这照相馆的手艺也太次了，把人脸涂得像猴脸。

照片原是黑白的，为了好看，那女子特地上了颜色。乡下的摄影师用水彩颜料乱涂一气，脸色赤若夕阳，红色还描到脸的轮廓以外，像打碎了红墨水瓶，洇得到处都是。

小鹿说，我看班长挺漂亮的小伙儿，怎么找这么一个困难户啊？还把她当宝贝，揣在离心脏最近的地方。真是眼神不济啊！

放肆！竹干事火了，说，她是谁？你们以为是普通的乡下姑娘啊？她是烈士的心上人，是烈士的遗属。现在她还不知道班长的死讯。要是知道了，还不得哭得天昏地暗！你们拿她开心，对得起良心吗？

我们原也没想那么多，只是看着一张可笑的照片，就笑起来。女孩子总是这样的，一件并不可笑的事，只要有一个人开始笑，大家就跟着凑热闹，笑上半天。经竹干事这么一说，问题有些严重。想象那照片上的长着猫眼的姑娘，过不了多久就会悲恸欲绝，我们顿时抱愧无比，大家都低下了头。竹干事看我们蔫了，又安慰我们说，好了，总的说来，你们今天的表现还是不错的。班长虽说没轮上和自己的未婚妻告别，有你们这么多姑娘给他送行，心里也该知足了。

竹干事说着，在遗物登记簿上规规矩矩地写下：亲人照片一张。他又把堆在地上的碎衣物，像捡破烂的老汉一样，根根梢梢翻了个遍，每个衣角都用大拇指和食指对着捻一回，看藏没藏着东西，直到万无一失。

好了，我们可以撤了。竹干事合上登记簿，疲惫至极地说。他把钢笔和伤湿止痛膏细致地包好，照片也用白纸夹起来。只是把军用水果糖丢在墙角，说，这个就算了吧。转送家属，吃又吃不得，留着还挺伤心，不如眼不见为净。

糖块儿叽里咕噜地滚着，刚开始声音很脆，好像玻璃弹球在找坑，渐渐地就不怎么响了，太平间地上积满尘土，它们保证已脏得发不出动静了。

我们缓缓地往外走，小如突然停了脚，说，竹干事，有一句话，我不知当说不当说。

快走到门前的竹干事，简短地回答，说。

小如说，竹干事，把相片还给班长吧。

我们一时没明白，但是我们马上就明白了。小如接着说，照片带回去，还给谁呢？给那个姑娘，她会难过死的。他的父母也会难过的，她本来会是他们的儿媳妇，可是以后永远不会是了。最难过的还是班长，他那么心爱的东西被拿走了，永不还他。照片被不认识的人传着看，代为保管，他会不乐意的……

我们被小如的话感动，双脚牢牢地站在地上，用这个姿势告诉竹干事，要是他不答应小如的请求，我们就不离开太平间了。

竹干事什么也没说，从纸夹里抽出红脸姑娘的照片，递到小如手里。我们一道走到白如雪峰的尸床前，小如轻轻地揭开白布。班长向上扬起的眉毛是微笑模样，好像在睡梦中赞同我们的主张。我们轻轻地把他的衣扣解开，把照片平平整整地插进他左胸前的衬衣口袋。我看到那张照片有节奏地起伏着，班长年轻的心在托着它跳动。

我们走出太平间，好像在里面待了一百年，山川河流都有了很大的改变。天变低了，云变重了，太阳是多角形的，雪山也变黑了。竹干事冲我们扬扬细瘦的胳膊，说，再见了，女兵们。但愿有一天我阵亡的时候，还能由你们来为我换衣。

我们说，我们不给你换衣服，你还是好好活着，自己给自己换衣服吧。

回到宿舍，我们都拼命讲其他的事情，再也不提一个"死"字。

我趴在地上，从床底下翻自己的细软。找了半天，才从长筒靴后面找到我的宝贝盒子。它是我求老兵用三个罐头盒子的铁皮，剪开打制而成。我专挑菠萝罐头盒，因为它的皮不仅结实耐用，而且都是金黄色的，精心砸制出来，好像纯金制成的万宝箱。我抱着它走到背人的角落，打开，里面是满满一盒军用水果糖。它们穿着草绿色的衣服，好像是饱满的小水雷。我一直想不通，高原部队发的糖，为什么是绿色的，难道糖纸也要伪装吗？如果战争打响了，你往嘴里塞进一块红糖纸的糖，就会被敌人发现，而绿糖纸就可安然无恙吗？

好了，不想这种节外生枝的问题了，正事要紧。我开始挑选水果糖。平日吃糖的时候，随便抓一块就是。但这一次，我苛刻至极。糖纸稍微有些残破的，颜色不鲜艳的，包括虽然外形完整，但由于被揉搓过，显出一副无精打采样子的水果糖，都毫不留情地淘汰。最后入选的种子选手，都像刚从生产流水线上跳下来的产品，容光焕发。糖块儿像石子一样坚硬，两端拧起的糖纸，好像小姑娘的刷子辫，舒展又漂亮。

我揣着糖果，用那把锐利的钥匙开了门，再一次走进太平间。屋子里有一种新衣服浓重的桉叶味儿，混合着炭盆燃烧后的袅袅烟气，好像是一片被雷电击过的热带雨林。班长安详地睡着，我附在他的耳边，轻轻说，对不起啊，再打搅一次……

我把三块水果糖小心翼翼地放在他的右裤兜里，我记得很清楚，我们正是从那个兜里取出了他的旧水果糖。我把班长的衣服重新抚平，让他睡得更舒适些，然后缓缓退出。

我感觉背后有凉风袭来。

回头一看，是竹干事。

你又来干什么？竹干事问。

我……来看看……我支吾着说。我知道像竹干事这样的老兵，将生死看得淡如烟云。把糖的事如实说出，他会笑我的。

生和死的区别，其实没有我们想象的那样大。不过是蚕蜕了一层皮。竹干事缓缓地说。

我转移话题说，那你来干什么？

竹干事说，我领着木工来装棺。

经他一说，我才看到，在不远处，一座朱红色的棺木，在几个人的肩头，宫殿一般雄伟地矗立着。

工人们开始装殓班长，棺里铺了松软的棉被。班长从水泥的台子上搬到木制的小屋，一定会感觉暖和些的。

竹干事对我说，不必遮遮掩掩，我都看到了。他以后没有机会吃糖的。

我说，才不对呢。我相信在一个春天的晚上，天上有着圆圆的月亮，班长定会和他相片上的未婚妻，在烈士陵园的台阶上相会，每人嘴里含着一块糖。

有一天，我们之中年龄最大的河莲说，你们谁吃过花生糖？

大家一齐嚷起来，我吃过！

是啊，哪个女孩子小时候没吃过香喷喷、甜蜜蜜的花生糖呢？只要一想起那滋味，舌头下面就储存了一包口水要流出来。

河莲说，那我们自己做花生糖来吃，开一间世界上最高的花生糖作坊，好不好？

在我们这些女孩子里，果平是以吃肉闻名的，我们都说她的祖先一定不是从猴子变来的，而是一只老虎变的，所以，见了肉就没命；而河莲是以巧出名的，她说要办什么事，一定能办到。

我们立刻大叫，开花生糖作坊，好哇！好哇！

我们都吃过花生糖，可是，我们都没有做过花生糖，连脑子最聪明的河莲也没有做过。不过这难不倒我们，大家回忆起小时候吃过的花生糖，不就是一些炒熟了的花生米裹在琥珀色的糖稀里，放凉了就成了吗，没什么了不起的。

我们开始筹措原料。

因为我不吃羊肉，炊事班长对我比较优待。在大家吃羊肉的日子里，允许我自己挑别的食品。这一回，我放弃了最爱吃的大红枣，要了满满一大碗生花生米。

还有必不可少的糖，这也很好办。为了给大家补充营养，每人每月可分到一茶缸白糖。现在大伙儿争着贡献出来，河莲忙说，够了够了，花生只有一碗，小马不能配大鞍子，要不就比例失调了。

原料备好以后，发现没有锅；没有锅，就没法熬糖和炒花生。我们的花生糖作坊还没开张，就面临倒闭的危险。

就在我的刷牙缸里熬糖吧，虽说它小了一点，多熬几缸子也就够了。果平挺身而出，解决了一半的难题。

但总不能用刷牙缸炒花生米呀，它的底面积太小了，最下面的花生焖透了，表层的还没有热乎呢。

于是，有人提议吃罐头，然后……

大家听了都说这个主意好，七手八脚地打开了一筒一公斤装的菠萝罐头，你一勺我一口地迅速吃光，接着操起剪子，把罐头盒剪开，真是好大一张洋铁皮。我们把洋铁皮的周边卷起来，一个简易的铁锅就做好了。摆在炉台上，还蛮像样的。

我们把花生米倒进自制的铁锅里，炉火在下面熊熊地燃烧着，花生米因为受热噼啪作响，有轻微的香气飘散出来。

我们正想为自己的发明鼓掌叫好，可怕的事情发生了：那个马口铁做的锅子，受不了高温的熏烤，中央突然软塌塌地陷落，熔化出一个红色的裂口。半熟的花生米像滑雪运动员一样，沿着烧红了的锅壁，飞快地掉进炉膛里去了……

一股焦煳味儿弥漫在空中，我们垂头丧气，作坊失败了。

不要灰心，我们再想想办法。河莲一点不气馁，明亮的大眼睛四处搜寻，一眼落在门后铲煤的铁锨头上，说，就用这个当锅吧。说着，端起铁锨，洗净了煤灰，架在炉台上，比个真锅还神气。

铁锨很厚，再也不会熔化掉。

我们把花生米倒进去，用筷子不停地拨拉。当筷子头变得焦黑的时候，花生米也熟了，散发出扑鼻的香味儿。真想先吃几粒，但为了我们作坊的声誉，大家都耐心地忍着馋虫的煎熬。

花生凉了以后，我们小心地把花生衣搓掉，把白白胖胖的花生放在一个碟子里。

下一个步骤就是熬糖了。这是比较简单的活儿，把糖放进茶缸，用筷子搅啊搅，不一会儿白糖就融化成淡黄色的糖稀，冒出透明的气泡。当糖稀的颜色变成褐红色并闪出油漆一样的亮光时，河莲果断地喊了一声，好了！她飞快地把糖稀浇到碟子里的花生米上，并用筷子不停地搅拌，使它们混合得更均匀。一种属于真正的花生糖的甜香气，刺激得我们一个劲儿地咽唾沫。几次想尝尝正在冷却过程中的花生糖，都叫河莲给拦住了。她说，一定要等到花生糖完全做好了，用小刀割成一小条一小条的，像街上卖的一样，才分给我们吃。

为了那神圣的一刻，我们眼巴巴地盯着那个碟子，祈祷它快快变凉。

等啊等，碟子终于冷却了。当河莲郑重地拿起小刀，分割花生糖的时候，我们听到了极清脆的响声。

花生糖已经凝固得像石头一样坚硬，无论怎么使劲儿，都不能使它和碟子分离，更无法把它变成一小条一小条的糖块儿。

河莲难过地说，我犯了一个大错误，应该在碟子里抹上油，这样花生糖就可以磕下来了。现在，我们的作坊出了废品。

我们都劝她放宽心，不要紧的。这不是废品，只不过吃起来稍微麻烦一点罢了。

我们这座世界上最高的花生糖作坊，出产的第一批产品，吃的时候需用这种姿势——双手捧着碟子，像花猫洗脸一样，用舌头舔碟子。

不过，说到味道，那可真是好极了！

我不吃羊肉，总觉得那肉里有一股青草味儿。小的时候，跟父母到北京的东来顺馆子里吃过一顿涮羊肉，回来后全身起了风疹。医生说是过敏，让我终生忌食羊肉。

到了西藏，羊肉就成了主要菜肴。做法很粗犷，用斧子将整头羊劈成碗口大的坨子，连骨头带肉丢进高压锅，再塞入一块酱油膏，撒点作料，拧上锅盖急火猛攻。一个小时后，一道名为"大块羊肉"的高原菜就算烧得了。大家就拎着饭碗来打菜。

我对同屋的果平说，你把我的那份菜打走好了。

果平说，那你吃什么呀？

我说，吃咸菜呀，我是宁肯吃咸菜也不吃羊肉的。

果平说，你好傻啊，会写美丽的"美"字吗？

我说，会写呀！说完，就用勺子把儿在手心上写了一个大大的"美"字给她看。

果平说，原来你还挺聪明的呀！那你为什么不吃羊肉呢？什么叫

"美"？"大""羊"两个字摞起来就是"美"啊，西藏的羊多大啊！

我便如实相告，吃羊肉过敏。

于是，在吃羊肉的日子里，只有我一个人孤零零地吃咸菜。时间长了，被炊事班长发现，他说，老吃咸菜怎么行？长久下去会得病的。

我说，那好啊，你给我做猪肉。可那些猪肉都是从平原运来的，数量不多，都让我吃了，就太对不起大家了。几次小灶以后，我对炊事班长说，我还是吃咸菜吧，这样心安。

炊事班长见我很坚决，就说，要不这样吧，你跟我到食堂的库房里挑一挑，看你喜欢吃什么，就拿点什么；反正每个人都有一份伙食费，你不吃羊肉就吃别的好了。

我第一次走进库房。哇，好丰富！一箱箱的奶粉，成麻袋的红糖白糖，还有花生米、葡萄干、脱水菜、压缩饼干……真够琳琅满目的。可惜都是干菜坚果类，根本引不起人的食欲。

就没有蔬菜吗？比如，红红的萝卜、绿绿的黄瓜？我实在太渴望吃青菜了，明知没有多少希望，还是试探着问。

有啊。炊事班长很肯定地说，随手拈出一筒罐头。三下五除二，打开来，倒真是有红红的萝卜、绿绿的黄瓜，只是它们强烈地冒出一股酸气。原来这是酸菜罐头。

吃了几次酸菜罐头，我就腻了。我跟在炊事班长的屁股后面转，突然发现一只神秘的小麻袋，袋口的线绳扎得紧紧的，灰头灰脑地缩在墙角。

那是什么？可不可以吃？我问。

吃不得。那是一种虫子干儿，有怪味道。炊事班长说。

我好奇地解开绳子，出现在眼前的是满满的一麻袋红橙鼓胀的——大海米！

噢！我今天就吃这种虫子干儿了！我快活地大叫着，要知道我们自打到了西藏，还没尝过海味儿呢！我顺手抓了一把海米填进嘴里，嚼得咯咯响，鲜香满口。

炊事班长吃惊地瞪着我，因为，他自小生活在西北的山区，从没见过海里的生物。

但连续吃了几次海米之后，我又腻了。这一回，我长了经验，不让炊事班长当向导，自己在库房里转呀转，想再发掘出点不同凡响的食品。

果然，我又找到一只奇怪的麻袋。看起来鼓鼓囊囊，拎一下却很轻。打开一看，原来是又大又圆的山西红枣。我立刻用随身带的饭盆舀了半盆，连蹦带跳地跑出库房，对等在外面的炊事班长说，我今天就吃这个喽！

炊事班长说，这个当零食吃可以，当正经菜可不行。

我说，能行能行，又能当菜又能当饭。说着就跑远了。

以后，我和我的朋友们就热切地盼着吃羊肉的日子。我进库房用来盛红枣的器皿越来越大，最后，简直变成了一只小脸盆。炊事班长吃惊地说，你一个女孩子，一顿吃得了这么多的红枣吗？小心别闹肚子。

我说，当然吃得了，你就放心吧。

　　他不知道，每次都是我们全屋的女孩子一块儿吃红枣。在那些最严寒的日子里，我们团团地围坐在火炉旁，把红枣洗净，撒上白糖，放在小锅里，慢慢地煮。

　　在呼啸的风雪声里，红枣渐渐地膨胀起来，好像一轮轮暖洋洋的小太阳，把我们的脸都映得红艳艳的。

　　女孩子吃红枣，是很补身体的。

鸡蛋在昆仑山上是很稀罕的东西。

你想啊，海拔五千多米，多么品种优良的母鸡也活不了。从平原到高原几千公里的路程，汽车一路上"跳迪斯科舞"，鸡蛋就是铁皮的，也会被颠出缝。

于是，军需部门就给我们运鸡蛋的代用品。其一是蛋黄粉，色泽像金皇后玉米面一样灿烂。掺上水，用油一煎，就成了金闪闪的蛋黄饼。可惜好看不好吃，根本没有鸡蛋味儿，曾噎得人直翻白眼儿。

用鸡蛋黄养鱼都养不活，人要一天吃这个，能得黄疸病！有人说。

食堂若吃蛋黄粉，准得剩一大盆，像漫天的迎春花。

其二是一种有清有黄的冻蛋，是把整个鸡蛋打进铁桶，速冻而成。说起来倒是全须全尾的原装，吃到嘴里，却比鲜蛋差得远。好像鸡蛋的魅力是一种很温暖的东西，一冻就丢了。

其三就是鸡蛋罐头了。圆圆滚滚的球体卧在玻璃罐里，随浑黄的液体浮动。除了形状上还保持着基本轮廓，很难使人想到它是母鸡的产品。

于是，我们这些远离家乡的年轻军人，就像思念绿色一样，思念白色的温暖的有着粗糙外壳的真正的鸡蛋。

有一年过节，炊事班长很神秘地叫我，喂，你是女娃，有个事要问你。

炊事班长很能吃苦，做饭的手艺可不敢恭维。

什么事？你说好了。我心不在焉地应道。

喏，你看。他伸出蜷得像个鸟窝似的手掌——我看到在他皲裂的手指圈起的半圆形凹体中，有一个粉红色的鸡蛋。

是真的吗？我惊喜地问。

当然是真的！要是有只老母鸡，也许能孵出鸡娃来！炊事班长得意地说。

这肯定不行。就算它原来是一颗有生命的种子，跋涉冰峰雪岭时也早冻死了。我顾不上反驳炊事班长，只一个劲儿地问，它为什么没被颠破呢？

炊事班长不乐意了，说，瞧你这个样，好像巴不得它破了！这是我老乡特地从家乡带来的，一路上抱着纸盒，连个盹都没舍得打。

我说，这真是一个经历了长途拉练的鸡蛋。

炊事班长说，别废话，知道叫你来干什么吗？

我说，把这个鸡蛋送给我。

吓！想得美！炊事班长晃着他的方脑袋说，老乡一共送我三个鸡蛋，三个鸡蛋够谁吃的？今天过节，我想用这三个鸡蛋给大伙儿做一锅真正的鸡蛋汤。你是城里人，你喝过那种片片缕缕像米汤似的鸡蛋汤吧？咱就做那样的。

喝过。我说。

那好，你就给咱做。炊事班长说着，把我推到锅前。

在呼呼的热水面前，我可傻了眼。不错，我是喝过那漂浮如丝带的甩袖汤，但我根本就不知道它是怎么做出来的！可我又不好意思对向我寄予了无限期望的炊事班长说"我不会"。在炊事班长的方头颅里，既是城里人，又是女人，就该天生会做鸡蛋汤。

嘿！有什么了不起的！鸡蛋汤鸡蛋汤，顾名思义，把鸡蛋倒进水里就成汤！我痛下决心。

打蛋！我命令道。

炊事班长乖乖地拿出个大铝盆（可以当行军锅的那种，比一般脸盆要大和深），把三个鸡蛋打进去，用手指把蛋壳内的每一滴黏液都刮净。

三个鸡蛋像三颗金蚕豆，在空旷的盆底滚来滚去；没有了外壳的鸡蛋，更小更少。

一大锅水开了，冒着汹涌的白汽。我端起盆，正想把搅匀的蛋液倒进去，突然觉得它们太单薄了。

加水。我说。

往哪里加水？炊事班长谦虚地问。

当然是往……鸡蛋里加水了。我胸有成竹地说。

加多少？炊事班长小心翼翼地请教。

就加……一大勺吧！我指挥若定。

现在盆里的景象好看多了，黄澄澄的半盆，再没有捉襟见肘的窘迫。好了，现在就把鸡蛋液倒进锅里，并且一个劲儿地用筷子搅拌。一会儿，我们就会有香喷喷的真正的鸡蛋汤喝了。我有条不紊地吩咐着。

人高马大的炊事班长乖乖地听着指挥，三个珍贵的鸡蛋和一大勺凉水倾倒进沸锅……一时间，锅里锅外都很安静。

一个人只能喝一碗，多了就不够了。今天你辛苦，就给你喝两碗吧。炊事班长思谋着。

鸡蛋是你的，你本该多吃多占点。我说。

想象中的鸡蛋汤该有仙女水袖般飘逸的蛋花，该有糯米般甜蜜的蛋丝，该有……

满满一大锅水再次开了。

锅里什么也没有，只是云雾般地混浊。那三个鸡蛋神秘地失踪了，融化在一大锅雪水中。

我和炊事班长面面相觑，目光在询问，鸡蛋呢？万里迢迢从家乡带来的鸡蛋哪儿去了?！

喝汤的时候，我对大家说，今天这汤是鸡蛋汤，真正的鸡蛋汤！

同伴们莞尔一笑，说，是吗？做梦吧！

是真的！我亲眼看见三个鸡蛋的，它们就在这汤里，我不骗你们！我急得都要哭了。

大家还是半信半疑，因为，汤里实在是看不到鸡蛋的影子。

不信，你们问炊事班长。我使出最后的撒手铜。

大家把脸转向炊事班长。炊事班长扶着他的大方脑袋，什么话也没说。

于是，大家一哄而散，没有人相信我关于鸡蛋汤的神话。

炊事班长，你为什么不说？为什么不说？我气愤地质问他。

大家没看见鸡蛋，你叫我说什么？炊事班长心平气和地说。

那一天，我喝了好多鸡蛋汤，一边喝一边想，鸡蛋藏到哪儿去了呢？

这个问题我一直想了好多年。我想，假如我不在鸡蛋里掺水，事情也许会好得多。当然，如果锅不是那么大，如果我们有许多鸡蛋，我们就一定会喝上美味的鸡蛋汤了。

　　从平原到西藏高原，要坐六天的汽车。蔬菜水果都是很娇气的，哪里顶得住这样的颠簸？更不消说一路上雪花飘飘，气温在零摄氏度以下，再好的叶绿素也成冰激凌了。

　　但是，平原上的人还是挺关心高原上的人的，每年八九月份山下最热的时候，总要装上几卡车蔬菜，每车配备两个司机，昼夜兼程，把六天的旅程压缩成三天，赶上山来，想让吃了一年干菜和罐头的高原人享个口福。

　　但再新鲜的蔬菜，经过几千公里的折磨，也面目全非了。茄子皱得像核桃，蒜苗黄得像京剧里奸臣的胡须，只有青椒还绿着，但绿得十分可疑，用手指轻轻一弹，皮就噗的一声破了，流出一包绿汪汪的清水，原来它早已冻烂了。

　　有一次，运菜的车遇上了暴风雪。昆仑山是喜怒无常的，就是在最温暖的季节也会骤然翻脸，降下鸡蛋大的冰雹。菜车像破冰船似的抵达高原，通知大家去卸车。

到了车跟前，吓了我们一大跳：这哪里是车，简直就是一座移动的小雪山。

扒开篷布上厚厚的积雪，露出一个个装菜的纸箱。押车的人抱起一个箱子，砰地丢下车，咚的一声巨响，好像摔下来一箱炮弹。

你轻一点好不好？我们一齐冲他嚷。要知道，在高原上，蔬菜像黄金一样贵重，哪里容得他这般粗暴蹂躏！

砸得再重些也不碍事。押车员大大咧咧地说。

我们愤愤不平地打开箱子一看，才发现他说的是实情。这一箱里面装的是黄瓜，每一根都翠绿挺拔，像警棍一般笔直，用手一碰，发出清脆的玻璃器皿之声，好像翡翠雕成的工艺品。

又打开一箱，是西红柿。每一颗果实都红润闪光，好像红玛瑙。手指稍不留意碰破了西红柿的皮，流出的不是红汁，而是橙色的冰晶。

再打开一箱，是豆角。平日熟识的豆角显出一副陌生的模样，居然塑料似的半透明。透过朦胧的豆荚，依稀看到乳白色薄而软的豆粒，好像一只只惊讶的眼睛。

严寒使所有的蔬菜都改变了风味，吃到嘴里，都是雪花的味道。

这种运输的艰难情况，几年后得到了一点改善。有一年快过春节的时候，接到通知，飞机将给我们空投报纸和蔬菜；还有一年降落伞运载的是西瓜。

空投的日子到了，我们都眼巴巴地望着天空。冬天吃西瓜，就是在平原，也是很奢侈的事情。我们已经快忘了西瓜的滋味了，这是多么快活开心的节日！西瓜一落地就得马上收藏起来，千万不能在雪地里裸露时间太长了。要知道，当时的气温是零下几十摄氏度，要是把西瓜冻僵就糟了。

飞机来了，因为周围都是狰狞的山峰，飞机不敢低飞就开始空投了。一朵朵洁白的降落伞像鸽群一般在高天浮动。

天气很晴朗，但仍有看不见的气流在天穹穿行。突然有一只降落伞脱离了队伍，向远处的山谷翩翩飞去。

其他的降落伞都乖乖地落了地，久候的人们扑过去，迫不及待地打开伞下坠着的麻袋。打开一袋是报纸，打开另一袋是蔬菜，再打开一袋又是报纸……就是不见西瓜。

赶快同飞机上联系，问是不是忘投西瓜了？

飞机上回答，乘降落伞的西瓜，千真万确地空投下来了。

完了！人们仰天长叹：那个飘往雪原深处的降落伞，装载的就是高原人望眼欲穿的西瓜啊！

打针是医务人员的基本功，每个医生护士都有给别人打第一针的经历。那滋味虽说比不上打第一枪惊心动魄，但也令人终生难忘。

在正式打针以前，我们先经历了短暂的画面学习。比如，注射部位、神经的走向、针头与皮肤的角度等，都像背口诀似的谨记在心。

终于有一天，我们要真刀真枪地在病人身上实习了。

我的老师是一位男护士，姓胡（我们是第一批分到藏北的女护士，在我们之前的护士，自然都是男的了）。胡护士让我复述了一遍肌肉注射的操作程序以后，就说，行，你出师了。推上治疗车，到病房打针去吧。

我听了很高兴，赶紧把打针的家伙准备好。推着车要走的时候，见胡护士揣着两只手，一副无动于衷的模样。

我奇怪地说，咦，你怎么不同我一道走？

他说，这次你一个人去。打针又不是拔河，要那么多人干什么？

我吓了一跳，乞求他说，你跟我一起去好吗？不用你动手，站在一边给我壮个胆就成。

胡护士毫不通融，你错了，有人在旁袖手旁观，你才容易心慌。真到你独自面对病人，胆量自然就来了。

我还是不死心，就说，你要是不去，我打针有什么毛病，自己也发现不了，不是对病人不负责任吗？

胡护士想了想说，这样吧，你打完第一针就找个借口走回来，我去检查一下，问问病人的感觉，就能知道你的技术如何了。

谁让胡护士是我师傅呢，只有照他的主意办。我一个人推着小治疗车，向幽深的病房走廊走去。那一瞬间，我好孤独，有一种独闯虎穴的忐忑。

进了病房，病人像往常一样微笑着迎接我，我的心略微安定了一点。我翻开了治疗簿，第一个接受我"治疗"的是一个名叫"黄金"的人，很高大威武的样子。

我鼓足勇气，轻声地说了一句，黄金，打针。

我以为他一定会不放心地问我，怎么就你一个人来了？老护士呢？但实际上他什么也没说，乖乖地趴在床上，很自觉地做出了挨针扎的姿势。

我松了一口气，口中念念有词，都是注射的诀窍，左手绷紧了他的皮肤，右手笔直地竖起针管，一咬牙一闭眼，正要不管不顾地往下戳，心里突然打了一个哆嗦。我想平日里不小心手上扎了一根刺，都会疼得直吸冷气；金属针头可比竹刺粗多了，那还不得疼死？真不忍心下此毒手啊！要是我一针攮下去，病人痛得熬不住，一个跟头跳起来，会不会把我的针尖折断在肉里？那麻烦就大了！这样一想，手变得酥软，老捏着针管比画，针头刺了几下都没捅进肉里。

黄金动了动身子说，护士，你咋还不扎？我都冻得起鸡皮疙瘩了。

再不能拖下去了，要不病人旧病没好，又添一个重感冒，索性豁出去了，长痛不如短痛。我说了一句，黄金，你可千万别动！说时迟那时快，手一抢，就把注射器像菜刀一样砍了下去……

在此之前，我在萝卜和棉花团上练过打针，真的一试，才发现差别大了。人的皮肤比萝卜软得多，比棉花要瓷实得多，有一种很怪异的感觉。也许是我的劲儿用得太大了，几乎没有遇到任何抵挡，针头就顺畅地插进了黄金的身体。

俗话说，万事开头难。我进针的这个头儿开得不错，后面就容易得多了。我很均匀地推动着药液，拔针的动作也快捷麻利。黄金惊奇地说，我还没什么感觉，你的针就打完了。真是青出于蓝而胜于蓝啊！

我很得意地回到护士值班室，对焦急地等在那里的胡护士说，你去验收好了。

胡护士从病房回来的时候，不像我想象的那么满面春风。他皱着眉对我说，病人对你打针的技术反映还是不错的，说你打针的时候一点也不疼……

我不好意思地微笑着，很想说几句表示谦虚的话。可是，还没等我想出词句，就听胡护士话锋一转说，但是，我发现了一个很严重的问题……

我赶紧检讨，我准备的时间太长了，把病人给冻坏了……

胡护士说，这还是小事，你的过失比这个可大多了。我在黄金的屁股上看了一下，根本就没有你消毒皮肤的痕迹……

我一下子如同五雷轰顶。天哪，我忘了这件最重要的准备工作，没用碘酒、酒精消毒，就把针头捅到病人的身体里了。

我吓得几乎哭出来，说，病人不会得败血症吧？

胡护士说，我得赶快向医生报告，让他给病人吃点消炎药，但愿一切平安无事。

从那天以后，好多日子我都抬不起头来，尤其是害怕见到黄金。幸好他的身体很健康，没留下什么后遗症。

第一次打针的教训真是刻骨铭心，我以后再也不敢这样粗心大意了。

女孩们用的纸比别人多。干净的柔软的洁白的纸，是伴随她们整个青春的朋友。

我们到了西藏，才发现这里的"毛伴"，根本就没有卫生纸卖，更不要说卫生巾之类的东西了。大家开始并不着慌，因为刚从家里来不久，提包里都还有存货呢。

高原的日子在寒冷中一天天过去。终于有一天，女孩们发现已无纸可用。

这可怎么办？尤其是果平，已是等米下锅的局面。

这是一个绝对要回避男性的问题，我们缩在屋里苦思冥想。

有人说，干脆给山下的商店发个电报，叫他们速运一大卡车卫生纸来。

河莲说，这是不可能的。山上只有我们这几个女孩，别人又不需用这东西。要是拉上一卡车，什么时候才能卖得完？毛伴才不会做这种赔本的生意呢。

大家愁眉苦脸地你看着我、我看着你。除了从毛伴那里买，想不出还有什么其他的途径搞到纸。

我有办法了。果平突然胸有成竹。

大家忙问她有何高招，她笑而不答，一副高深莫测的模样。大家见她不肯说，也就作罢。反正她的形势最紧急，她都不急了，别人乐得逍遥。

过了几天，我的纸也用完了。我悄悄找到果平，说，把你的纸分我一点用。

果平说，我哪里有纸？谁说我有纸了？

我说，你好坏呀！没纸的时候，要我们大家帮你想办法。你有纸了，就独自享用。真自私。

果平笑起来，说，我真的没有纸。不过你说我自私倒是对的。我要把我的办法告诉你，你也会自私起来。

我说，不管是什么法子，我得先得到纸。我这里急等着用，你速速从实招来。

果平附在我的耳朵上说，我用的不是纸，是包扎外科伤口用的止血绷带。

我一听，这真是一个好办法。后来大家就你传我、我传你，都用止血绷带代替卫生纸。

有一天，河莲对我们说，领导找她谈话了，说最近没有外伤病人，可止血物品消耗得太快。看来我们得想另外的法子。

我说，只有寄望于毛伴。毕竟它是我们和山下繁华地区之间唯一的通道。

我和河莲就到毛伴，同卖货的藏族小伙子说，我们需要纸。

热情的小伙子为我们找出一箱信纸。

不！不！不是这个纸！我和河莲一个劲儿摇头。

小伙子又搬出了成捆的蜡光纸，五颜六色，煞是好看。

不！更不对了！我们俩摆手跺脚加比画，总算让他明白了我们的意思：需要一种洁白柔软的大张纸。到底有没有？

小伙子笑眯眯茅塞顿开的样子，连连说，那样的纸有！多的是！说着就到后面库房去找。

我和河莲相视而笑：真是踏破铁鞋无觅处，得来全不费工夫。

过了一会儿，小伙子满面尘灰地抱着一大卷纸，气喘吁吁而来。高原缺氧，任何动作都像剧烈运动一样费力。

我和河莲赶紧迎过去，刚想谢他，细一看，不禁傻了眼。那不是什么细软的卫生纸，而是画国画的宣纸。

这个，是不是很好？像你们说的那样——白——软——大？小伙子的神情透着为别人做了好事之后的得意。

那当然……是了……只是，这个……太可惜了……我和河莲结结巴巴，不知如何答对他的好心。

这个不可惜。已经运到这里好多年了，从来没有人要。你们买了吧，价钱很便宜……藏族小伙子恳切地说。

河莲和我商量，没有现成的卫生纸，止血绷带又不能再用了，我们就先买了这宣纸，回去救个急吧。

　　我们把宣纸带回去，滴上水做了个试验。洁白的宣纸又柔韧又吸水。我们刚想欢呼，突然发现一个严重的问题：宣纸经过长途跋涉，纸缝里夹满尘沙。

　　这可怎么办？谁都知道，女孩子用的纸要很清洁的。

　　河莲说，我们把土抖干净，然后用高压锅消毒。这样有什么病菌也不怕了。

　　大家就高高兴兴地把纸送去蒸，从此再也不用为纸着急了。

　　但我有时候想起来，真是为那些宣纸可惜啊。

我小的时候在幼儿园表演藏族舞蹈，每个小姑娘都要扎一条花围裙，那是藏族女装最显著的标志，我们都喜欢得不得了。可那么多的小朋友，到哪里去找许多真正的藏族小围裙呢？幼儿园的阿姨很会想办法，买来白毛巾，贴上彩色蜡光纸的窄条，一条五光十色的藏族小围裙就做好了。

我把这条毛巾和纸做的围裙扎在腰间，对着落地的穿衣镜一照，哈！美丽极了。雪山上的仙女就是这个样子啊！

来到西藏，看到藏族女人果真围着同样的围裙。也许是扎在腰间的时间太久了，高原的紫外线把颜色晒褪了，它们没有我想象中的漂亮。

离我们住的地方不远有一条小街，藏语称它为"毛伴"。一天，我在毛伴的小店里闲逛，突然在柜台里发现一条极鲜艳的藏族围裙，缝缀着七彩的绸条，好像把天上的彩虹剪来一段贴在上面了。

这条围裙多少钱？我迫不及待地问售货的藏族小姑娘。

她微笑着用不很熟练的汉语报出一个价钱，并不是很贵，我一算，自己身上带的钱足够了，就一边忙着掏钱，一边连声说，我就要这条围裙了，请赶快给我包起来。

藏族小姑娘数完了钱，却一动也不动，充满歉意地对我说，单有钱是买不了围裙的。

我吃了一惊说，买个围裙还需要什么证明吗？

她说，还需要两尺布票。

那个时候，每年都发一种布票，凭票才可以买布制品，我们的衣服因为都是统一发的，就没有布票。我一时抓了瞎。

我不死心地说，这个围裙都是绸缎做的，为什么要布票呢？是不是有些没道理？

小姑娘红着脸把围裙拿过来，翻过绸缎的背面让我看，那是一层淡紫色的布。她小声说，没有办法，这是规定。

我再不好说什么了，垂头丧气回到宿舍，把缘由一讲，大家七嘴八舌地帮着我想办法。

果平说，让你妈妈给你寄几尺布票来吧。

我撇着嘴说，我还以为你有什么好主意呢！就这个办法啊，我早想过了，不行的。我们家在北京，寄来的是北京布票，在西藏是不能用的。必须要有西藏布票才行。

河莲说，我们同你一起再去找卖围裙的藏族小姑娘，大家一块儿为你说话，人多力量大，没准儿就把她的心说动了。

我连说，不成不成。我看得出她是一个好心的小姑娘，我们要是不给布票就拿走了她的围裙，她会伤心的。要是那样，我情愿不要围裙了。

正当大家一筹莫展的时候，一直没吭声的小如附在我的耳边说，我倒有一个办法，你可如此这般……不过要你一个人去，千万不可一大帮人凑热闹。这事能成最好，不成就算了，千万不要再为难小姑娘……

我连连答应着，再次进了毛伴。

藏族女孩依旧笑眯眯地看着我，不待我说话，就把那条精美的围裙拿了过来，用略带生硬的汉语说，布票，有了？你的？

我记着小如的指示，不慌不忙地说，我没有布票。

听了我的话，她脸上的笑容还在，但拿围裙的手就想往回缩了。

我忙说，可是我有一张背心票啊。

那时候，我们虽然不发布票，但每人每年有一张背心票，可以买一件背心。

她垂着睫毛说，可是，围裙和背心是不一样的。

我说，是啊，是不一样。但是，如果我没有背心票，要买一件背心，就要给你两尺布票。对不对？

她又笑起来说，是这样规定的。

我说，那现在我用背心票换你的两尺布票，也说得过去啊。所以，我就可以用这个背心票买藏族围裙了。你说是不是啊？

她开心地笑了，露出珍珠一样的牙齿说，这样的买卖，我以前从来没有做过。不过，你说得也有道理。就按你说的办吧，谁让你这样喜欢我们藏族的花围裙呢。

我高高兴兴地抱着围裙回了家。伙伴们都开心极了，每人扎着围裙照了一张相。

只可惜那时的相片都是黑白的，不能充分显示出我的藏族围裙是多么光彩夺目。

　　女孩子都喜欢照相。哪怕是最丑的姑娘，也会在青春年华，偷偷地留下倩影，没人的时候反复端详，找出面容上最经看的部分，为自己鼓劲儿。而且相片这东西还有一个特点，就是拍照的当时，你基本上都不满足，不中意，随着时间的流淌，逝去的时光变得越来越宝贵，你就后悔当初为什么不多照一些相片了。

　　高原上的女兵，对照相这件事的认识，一直很清醒——就是抓紧一切可能时机，尽可能多地留下照片。倒不是有什么先见之明，想到在白发苍苍的时候，可以指着自己早年间的照片，瘪着没牙的嘴，对小孙女说，看，奶奶当年也有英姿勃发的时候，怎么样，很靓的吧……主要是我们兵龄不长，穿上这种新服装的样子，自己还没有欣赏够，就被运到了雪山上。家里人、同学、老师、朋友、亲戚等，跟在屁股后面要你寄照片回去给他们看看，要是久久寄不到，简直会被怀疑你这个兵是个冒牌货。照相成了当务之急。再说周围的景色，实在是太像火星了，寸草不生的岩石，给人一种自己是宇宙人的感觉，我们也急不可耐地想让远方的人一同欣赏和惊讶。

到达高原，我首先知道了女厕所和食堂的方位后，第二个急需打听的问题就是：照相馆在什么地方？

接受我询问的是个小伙子，个子高大，相貌英俊，缺陷是脸色有些苍白。自我介绍姓胡，是个技士。我想应该是问对了人，老头儿有可能不知道照相馆的位置，但这模样的同龄人，对此必会了如指掌。

胡技士很惊奇地看着我，好像我问他的不是一处平常所在，而是赌场或是火箭发射塔，停了一会儿才说，这里不是平原，没有照相馆。

我说，怎么会？雪山上这么多兵，远方的家里人就不想知道自己的孩子变成什么样了吗？就是他们自己不想照，家里人也会催个不停。

胡技士说，雪山上的兵并不像你想的那样多。就算每个人每年照一张相，照相馆也没多少生意。摄影师会饿死。

我说，我，还有我的战友，就是说所有的女兵，一年每人最少会照十张相。

胡技士冷笑起来说，就算你们每人一年照一百张相，也没用。你们才几个人！

我说，还有你们嘛。人多力量大。

胡技士说，我两年才照一张相。主要用途是相亲的时候，家里人给对方看一看，就足够了。剩下的事，就是省下钱来，把看过我相片的女方娶过来。

我对胡技士悲天悯人地摇摇头。在照相方面，此人实在是胸无大志，不可救药啊。

我把从胡技士处得来的情报告知女友，屋内一片哀鸣。片刻后，小鹿第一个打破悲痛的气氛，对我说，咦，你不会搞错吧？

我很气愤这种明显不信任的口气，马上同胡技士站到一个立场上，说高原上只有这么些兵，就算把照遗像的概率都考虑进去（遗像每次要照很多张），摄影师也要饿个半死。

小鹿不服，说你从一个光着脚的人那里，是打听不到卖鞋的地方的。

我反驳说，既然大家都光着脚，你凭什么断定这里有鞋铺？

正吵得不可开交，小如到外面转了一圈回来，说，百闻不如一见。我有个新发现，在不远处的僻静角落，有一间小房子，上面有个牌子，写着"照相室"。

我傻了眼，说，小如，你没有骗人吧？

话刚出口，我就用手捂住嘴。小如哪里是骗人的人？再说，我从心里希望这是真的。小如并不计较我的怀疑，很诚恳地说，我也搞不清那到底是个什么地方，安静极了，也没个人可问。要不，咱们一齐去看看吧。

我们三个立刻跑出去，剩下的人等我们消息。七拐八拐，果然找到了一间孤立的小屋。千真万确，门楣上悬挂的牌子上写着——照相室。

周围很静，这里好像是被人遗忘的角落，但打扫得很干净，分明透出经常使用的痕迹。

这是一处秘密照相点。摄影师怕被人打搅，所以弄得很隐秘。小鹿很有把握地说。

　　小如过去敲敲门，里面一点动静也没有。小鹿说，你动作太轻，好像敲幼儿园的门。看我的！

　　她捏起空心拳头，直播两页门扇的接壤处，木板的震动加上铁插销的共鸣，一时间好像闹起了小型地震。

　　谁啊？耐心点！正洗相呢，等一等！里面回答。

　　天地为证，我们几双耳朵，都清清楚楚听到了"正洗相呢"这句话。哎呀呀，踏破铁鞋无觅处，得来全不费工夫。小鹿满脸功臣神色，好像这个照相室，是她在片刻间用拳头砸出来的。小如比较有涵养，一声不响退在一边，但掩饰不住的兴奋，还是把她的嘴唇烧得更红了。她是我们之中最漂亮的女孩，自然对照相有着刻骨铭心的热爱。至于我，满脑子想的是，赶快把胡技士揪了来，让他揉着眼睛，目瞪口呆地向我们道歉。

　　等待中好像过了一千年，门终于沉着地打开时，我们看到了一张血色不足的脸。因为长时间在暗室里工作，摄影师眯缝着眼，一副见不得天日的样子。

　　揉着眼睛、目瞪口呆的人——是我——那个摄影师不是别人——正是胡技士。

　　我说，你怎么在这里？

　　他说，我怎么就不能在这里？我一直就在这里工作啊！

　　我火了，你说这里养不活摄影师，原来是自己在吃独食啊！

　　胡技士愣了片刻，好像突然明白了，说，看来我们之间有点误会，欢迎你们参观我的工作间兼暗房。

我们三个鱼贯而入，小鹿在我耳边低声说，原来你和摄影师早就通了消息，倒把别人蒙在鼓里。

我抗议道，谁知道他在这里像个特务似的潜伏着啊！

屋里很黑，一盏红色的小灯，好像糖稀已经融化光了的冰糖葫芦，几乎没有光芒，只是一个稳定的红球，用朦胧的光晕勾出大家的身形。地板当中摆着一台硕大的机器，桌上有一个盛着药水的白瓷方盘，几张底片如红鱼一般泡在水里，看不清眉目。

你的机器比一般照相馆的复杂多了，照出的相一定也要漂亮得多。小鹿四处张望着说。

漂亮不敢说，比一般照相馆清晰，那是一定的。胡技士似笑非笑地回答。

只是你这墙上没什么好背景，海呀小亭子什么的，拍出来一片煞白，怪扫兴的。不过，也凑合啦，主要是把人物表情拍好就成。不知道你手艺如何？小鹿很内行地评点着。

红灯下，胡技士的脸红彤彤的，说，我经过正规学校三年学习，手艺应该是没问题的。

哟，光一个照相，你就学了三年，那可真是老师傅了。小如说。

胡技士的脸更红了。

我说，胡技士，你什么时候给我们照相啊？

胡技士说，我照的相，和你们平常见的相片不大一样。不过，按我的观点，一个人一生，是应该或者说是必须留下一点这种相片的。

小鹿说，我的相片的最大意义，就是要照得比我本人胖，这样我妈看到的时候就不会哭了。要不然，她一定会流着眼泪说，看，我家小鹿太瘦了，简直变成鹿脯了。

胡技士说，我能做的事就是实事求是，保证与你本人分毫不差。

小如凑到我的耳边说，我怎么觉得他这个照相馆与众不同啊？

我揣测着悄悄回答，咱们平常照相的时候，看到的就是摄影棚那一小点地方。山上房子有限，把很多后期工作的设备都挤到一起了，难怪咱们看着眼生。

小如半信半疑地不再说话。

小鹿说，今天我们好不容易找到这个地方，你是不是就百忙之中为我们了此心愿？

胡技士迟疑了一下，还是答应下来，问道，你们谁先来啊？

小鹿当仁不让地说，我先来。

我说，小鹿，冲锋的时候，你也这样勇敢就好了。

我们躲到一边。小鹿站好，庞大的机器移动起来。那钢铁家伙看着蠢笨，活动还挺灵巧，按照胡技士的指挥，左旋右转，好像大象在跳舞。

好，你站好，不要动，头稍向左一点，好，就这样，屏住气，坚持一下，对……好，好了……现在我们再照一张侧面的。你的头转过来，对着墙壁……很好……好！

胡技士口中念念有词，像符咒一样，小鹿就像木偶，服从着他的摆布。不一会儿，照相结束。小鹿松弛下来，马上又痛苦地大叫，哎呀，我忘了说"茄子"了！

什么茄子？咱们这里一年无菜，不要说茄子，能有蔫萝卜吃吃就是天大的福气了。胡技士不屑地说。

不是吃的茄子，是表情。茄子会使我的嘴角微笑，你这个摄影师，也太不负责任了，为什么不提醒我注意表情呢？哼，要是照出一副哭丧相，我要你重照！小鹿不依不饶。

放心好啦，我绝不会把你照成哭丧相的。表情并不重要。胡技士很有把握地说。

轮到小如了，她按照小鹿的位置站好，很矜持地微笑着，看来想留下一张倾国倾城的玉照。没想到胡技士说，我不给你拍面部了……

小如大惊道，你难道要照我的后脑勺儿吗？或者说是照没有头的相？只剩脖子以下部分，那不成无头女尸了！

我说，小如你别胡说，摄影师说的是背影。小如你自己不知道，你的背影真的很好看啊。

没想到，胡技士不客气地纠正我说，不是拍背影，是拍手的特写。

轮到我们把嘴张成三个大大的"O"，齐声问，手？那有什么好拍的？不是白白糟蹋胶卷吗！

胡技士不理我和小鹿，单独对小如说，我看你哪儿都很完美，只是身高欠缺一些。拍了你的手，我就能知道你是否还有长高的希望。如果多吃些钙，可能会有帮助的。

我和小鹿大眼瞪小眼，不知该说什么。搜肠刮肚也不记得以前的照相馆是否还开展过测量身高的业务。小如的脸兴奋得比灯泡还红，她知道自己是美女；但对不足也有很清醒的认识。现在有人说能帮她，自然十分感激。

于是，小如伸出纤纤素手，按照胡技士的指挥，做出五指并拢的角度，规规矩矩照了一张手相。

好了。下一个。胡技士又恢复了淡淡的语气。

就照一张啊？小如有些不满足。

一张就足够了。胡技士不容置疑。

轮到我了。照头还是照手？我问。

胡技士从头到脚打量着我，半天不作声。我吓了一跳，心想他不会让我照一张"脚相"吧？我昨晚上忘了洗脚，万一当众亮相，在这密闭的屋子里，定是有碍大伙儿的鼻子。

阿弥陀佛，胡技士网开一面，说，就照一张半身的吧。大家留影完毕，小鹿说，什么时候取相？

胡技士想想说，如果没有其他特别的工作打扰，下午你们就可取相了。

小鹿说，这么快！你不收加急费吧？

胡技士说，用的都是边角料，基本上是废物利用，不收钱。只是请你们保密，不要对别人说，那样，工作量太大，我招架不了。

从那间写有"照相室"的小屋出来，我们三个乐得合不拢嘴。午饭的时候，我暗自笑了好几次，差点把饭粒呛到气管里。

下午，我们如约又到了胡技士的工作室，这回房间没上锁。我们走进去，胡技士说，正好，片子刚制作出来，效果还是不错的。

我们急不可耐地要观赏自己的尊容，忙说，请把相片给我们，到太阳底下去看。

胡技士说，还是在屋里看得比较清楚。

小鹿说，你这个屋黑得像个菜窖，要看也得把窗户打开啊。

胡技士说，那倒不必。我有特殊的灯光设备。

说着，他打开竖在桌上的灯箱，雪亮的荧光灯把一大块毛玻璃照得像半透明的冰川。胡技士拿起一张照片，往特殊的夹子上一戳，相片就镶在了玻璃上，影像顿时纤毫毕现。

首先映入眼帘的是一个骷髅头，眼眶凹陷，鼻骨高耸，嘴巴是个黑窟窿。

老天哪，这是什么？是你从坟墓里挖出来的死人头吗？小鹿惨叫起来，指甲深深地抠进我的胳膊。

这正是你的头颅正位片啊。胡技士说着，把另一张底片镶入玻璃。这次出现的影像更恐怖，是半颗惨淡的人头白骨。

不等我们缓过神来，胡技士又把一张较小的底片插上玻璃。在雪亮的灯光中，一只枯瘦如柴的手骨架像九阴白骨爪似的，五指朝天，冷冷地戳向天花板。

胡技士面向小如说，这就是你的手指骨骼图。观察骨骺融合的情况，你还很有长高的潜力。今后你多吃点钙吧。

胡技士马上又换了一张片子……不用说，那是我的半身像了。

我凑过去一看，吓得闭上眼睛。从此，我算明白什么叫"形销骨立"了，骨头架子上，倾斜着摆着一列肋骨条，每一根都似巨大的丝弦，好似能奏琵琶古曲《十面埋伏》。

我们终于明白了胡技士的所谓"照相"，就是——X光拍片。

你这不是鱼目混珠，取笑人骗人吗！小鹿怒不可遏。

我可没骗人，一开始我就说，我的相片和别人的不同。在医学术语里，X光就是叫照相。我在医校学了三年放射专业，不信你们可以去查档案。胡技士不急不恼，含笑辩解。

可你这样的照片，我怎么能寄给妈妈？老人家还不得以为我已变成饿死鬼了？小鹿愁眉苦脸。

寄给妈妈是不妥，但自己保存很有必要。人有一张自己的骨骼图，就像拥有永不褪色的证件，无论你的外形怎样变化，骨头是不变的。比如，希特勒的尸体被烧焦了，最后确认身份，靠的就是他生前看牙病时拍的X光片。胡技士谆谆教导我们。

小如本来对胡技士心怀感激之情，因为他给了她一个好消息。但听到他总是谈论不祥的事情，忙说，说点别的吧。老讲这个，让我想起谋杀案来了。

胡技士说，很抱歉，让你们生出不美好的想象。但我真的非常热爱我的工作，恨不得让天下所有的人，都拍一张X光照片，留作纪念。

我说，胡技士，您的敬业精神当然很让人感动，可是我们的实际问题，并没得到很好的解决啊。我看，你这儿洗相的家伙挺齐全的，虽说你的专业是照骨不照皮，但毕竟沾亲带故，你就给我们想想办法，拍几张正儿八经的照片吧！

大家都眼巴巴地看着他。胡技士搔搔头上的白色工作帽，说，只有一个办法，就是你们让家里人寄胶卷来，我在这里想办法借照相机，然后给你们照相。X光片和普通胶卷的冲洗过程大同小异，我努力摸索一下，估计问题不大……

小鹿打断他的话说，别光是底片啊，我要看真正的相片，布纹纸或斜光纸的……最好能放大，要是你再学会了上色，那就更棒了。

胡技士说，那还得找人买相纸、显影液、定影液、烘干机、上光机……麻烦着呢……谢谢你对我的信任。

小鹿说，艺不压人。我们愿意当你的试验品，你就好好练本事吧。

胡技士哭笑不得地说，试试吧。最好别对我寄太大的希望。

我们谢了胡技士，拿着生平最丑陋最古怪的相片回了宿舍，不敢给任何人看，自己也不敢看。尤其是夜里，烛光下，它能给人一种神秘莫测鬼魅丛生的感觉。不知她俩的留影后来如何处置，反正我把那张"琵琶精"照片偷偷给扔了。不管它在科学研究上有多大的价值，我可不想让自己一副从古墓里爬出来的模样。

至于我们的照相生涯，注定了还要有许多磨难。胡技士虽然热心，终不是专业人员，几次试验都以失败告终。他自我解嘲道，我是一个特殊的摄影师，只能拍那种深刻到骨头的照片。至于血肉丰满的形象，还是留给普通的摄影师们干吧。

奶奶的灵丹妙药

高原上的人不聪明，以为只有农民才吃新鲜的东西，而比较讲究的是吃加工过的食品。比如，认定罐头里的苹果，一定比刚从树上摘下来的高级。这样，我们一到阿里，听说没有绿色蔬菜吃，除了脱水菜就是罐头，女兵们简直高兴极了。

说实话，罐头食品刚吃的时候，口味相当不错。特别是水果罐头，最大的优点是可以把天南地北不同节气的果子集中在一起，大饱口福。你可以刚吃了一口河北赵县的雪花梨，马上就塞两腮帮子福建厦门产的名叫妃子笑的红荔枝。喉咙里广西的香蕉还没咽下去，立刻又被陕西的苹果噎得翻白眼儿……阿里有个优良传统，大伙儿都善待新来的弟兄，好让他们早些适应高原。老同志慷慨地把自己积攒下的水果罐头拿出来大宴我们。我们也就懵懵懂懂地吃了个够。

后来才知道，士兵每个月的罐头定量是一公斤半。军用罐头胖墩墩、圆滚滚，体积庞大，每个净重一公斤。也就是说，每人每月按规定只能领到一筒半罐头。罐头当然不能锯开来，变通的办法是，或者每两个月领一次，一回可得三筒。或是两个人成立个互助组，合在一起领。

起初我们采取的是第二个方案，自由结合，我和果平是一组。领罐头的时候，兴高采烈。你想啊，要是自己一个人，又想要菠萝又想要蜜桃，很容易顾此失彼，留下长久的遗憾。两个人合伙，挑选余地大，众人拾柴火焰高，品种花样就齐全多了。我俩手挽手地领回苹果、香蕉、橘子各一筒，取其南北结合甜酸搭配。摆在桌子上，亮铮铮的一排，好似一列威武的锡兵（注意啊，军用罐头和街面上卖的罐头可不一样，没有那些花花绿绿的包装，朴素的白铁皮外衣，像是镀了一层银）。计划一个星期吃一筒，调剂胃口。只是这样算下来，月末就会有一个星期断了粮草。不过，我们都很乐观，心想那是二十多天以后的事了，对年轻人来说，实在是个遥远的日子。再说那时已临近下个月发罐头的日子，曙光就在前头，等待的滋味也就比较好忍了。

罐头领回来以后，我和果平眼巴巴地看着从属于自己名下的这么多物资，不禁摩拳擦掌，口舌生津。我们几乎异口同声地说，吃掉一筒吧！

意见高度统一，立即行动起来。看着整齐的三个锡兵，第一个问题是——先吃谁呢？

没想到，我俩分歧甚大。果平想吃苹果，我却对橘子情有独钟。争论的结果，谁也不愿妥协，但也不忍心伤害对方。最后达成协议，折中一下，先吃香蕉罐头。

一截截的断香蕉泡在浑黄的水里，味道尚好，只是形象很不雅，容易使人想起某种排泄物。它还有一个致命的缺点，就是罐头汤不好喝，有一种令人懊恼的泔水味。要知道，水果罐头除了吃固体物，喝汤也是至关重要的享受，甚至比果肉还美味。比如，梨汤可以治咳嗽，橘子汁简直就是玉液琼浆。

吃完香蕉罐头，我俩抹抹嘴，意犹未尽。但谁也不好再说什么，已经提前完成了这个星期的指标，舌头的渴望只好到下个星期的此时才能满足。

我们开始看《卫生员手册》，以抵挡肚子里馋虫的呼唤。半个小时后，果平抬起头，皱着眉对我说，哎呀呀，胃不好受。

我们那时刚学了一点有关的医学知识，果平已经不用老百姓的语言，说是"心口痛"，而是很准确地指着自己的胸骨下方，说胃疼。我吃了一惊说，那可如何是好？我赶紧去找医生吧。要是需要吃药，我这就给你把开水凉上。要是需要针灸呢，我保证给你挑一枚又细又长的新针，一下子就扎进你的穴位……

果平吓得叫起来，说，我的好姐姐呀，你怎么这么狠！就没有什么好一点的治疗方案了吗？

我劝她道，良药苦口利于病哇！

果平忸忸怩怩地说，我这也是个老病根了，在家的时候就常犯的。我奶奶有一个偏方，可不似你的招数这般吓人，又舒服又好吃，一咽下去，药到病除。

我的胃从来没疼过，简直是个铁胃，所以，就格外同情胃难受的人。听说古代的美人西施就是因为得了胃炎，才整天愁眉苦脸地捂着胸口，成了无数人爱怜的对象。果平若是也一直痛下去，就得成了效颦的东施。

我忙说，那是什么药？我们这里可有？

果平的眉梢挑起来，连连说道，有啊。就在你身边，怕你舍不得。

我越发听不明白了，说，我哪里有这样的灵丹妙药？

果平一指还剩两个的锡兵说，就是苹果罐头啊。

我大笑起来，说果平你要是馋得忍不住了，就如实招来，犯不上做出这鬼样子吓我。

果平一本正经地说，真的不是骗你。我奶奶每年冬天都要在麦仓里藏上一些苹果，都是又大又红一个虫子眼也没有的。我心口一疼，她就从仓里摸出个苹果，在灶里的热灰中焐熟了，用小勺子挖了苹果心喂我，又热乎又香甜，甭管我疼得多厉害，一个熟苹果下肚，立马就不疼了，要多灵有多灵！

我听得发呆，心想偏方治大病，还是有讲究的。我为难地说，果平，只是你奶奶这种焐熟的焖苹果，我们到哪里去找？

不想果平胸有成竹，说你把苹果罐头打开，我自有办法。

我就拿了罐头刀，吭哧吭哧地打开了第二个锡兵。这是一种个头很大的苹果制作的罐头，里面只盛了三块，就满满当当。我把罐头推到果平面前，说，前期准备我已完成，后面如何操作就看你的了。

果平虽然胃疼，但看到渴望已久的苹果罐头，立刻恢复了活力。她几乎一跃而起，手脚麻利地拿过我的刷牙缸，把我的牙刷牙膏稀里哗啦地倒出来，腾出一个空杯。然后用一把勺子滗着，以防苹果块儿掉出来，倾斜了罐头筒，把苹果罐头汁倒进我的牙缸。她走到炉火前，把火苗拨拉得更旺些，然后把存着半筒苹果块儿的罐头筒炖在炉子上。

窗外是藏北高原呼啸的狂风，屋内是熊熊的炉火。我们无声地注视着火焰上的锡兵，有温暖而甜腻的蒸汽从锡兵的头上冒出来，好像还染着粉红色苹果花的光彩。筒底剩的果汁原本就不多，火力猛攻之下，不一会儿就有了干锅的哧哧声，果香的味道也越发浓烈起来，有点像关东糖，让空气都变得黏起来，仿佛能拉出丝来。我有些焦急，心想再不赶快抢救，马上就要煳锅了。果平依然不慌不忙，取了小勺，轻轻地翻动着筒内的果块儿，上下搅拌着。还不时地以勺为杵，如捣药的玉兔一般用力戳着渐渐柔软的苹果糊……

屋内现在弥漫的空气，已经不完全是苹果的味道，而有了一种略带呛人的烟熏火燎之气。果平扶起锡兵的耳朵（那是我挑开的罐头盖，支棱在一旁），把它放在地上。和屋外荒凉大地连在一起的室内地面，无论炉火怎样燃烧，都顽强地保持着冻土的温度。火热的锡兵一站在上面，立刻像红铁在冰水中淬火，激起团团蒸汽，好像披上了白色的伪装服。等了许久，白雾才袅袅散去。果平把锡兵请上桌面，热情邀我——好了，吃吧。

我说，吃什么？

果平说，烤苹果。

我说，我不吃。这是你辛辛苦苦制出的药啊。

果平说，我一个人也吃不了这么多啊。

我说，那你就加油吃，这回多吃点，没准儿你的病就去根了。

果平抽着鼻子，被焦煳的苹果所陶醉，见我无心于她的药，也不再谦让，说，那你喝苹果汤吧。

我用刷牙缸子和果平的锡兵碰杯，那是一种很奇怪的声响，闷闷的，好像两个聋哑人在拥抱。

那一大缸子罐头苹果汁，只喝得我像一个溺水身亡的人，肚胀如鼓。我非常愤恨果平的粗心大意，她没有把我的刷牙缸子洗干净就草率行事，结果是我的舌头每品尝一次苹果的香气，都顺便领略一回牙膏的怪味。

果平一边用小勺舀着煳苹果，一边心满意足地抚着胸口说，苹果罐头没有我奶奶焙的好吃，但是在这离家万里的地方，能吃上差不多的东西，也就不错了。

我说，你就别说什么好吃难吃的话了。我关心的是，你的病究竟好了没有？

果平说，病？什么病？

我说，你的心口疼啊。

果平一下子开心地笑起来说，你怎么和我奶奶一样好骗呢？我用这个办法，一年里不知从我奶奶手里骗来多少个苹果。真奇怪，那个麦囤就好像是个万宝囊，我怎么吃也吃不尽。但它只听我奶奶的话，有好几次我趁着她不在，自己到里面去摸，就是摸不到。这个谜，我到今天也想不通。

我气愤得大叫，好个果平，馋嘴猫！装得好像！我再也不相信你了！

我躲到一边去看书，不理果平。她在那边闹出许多声响，我看也不看。过了一会儿，我突然闻到了橘子的清香。刚开始我以为是自己想吃橘子走火入魔，鼻子作起怪来，就镇定住自己，不去想它。没想到，橘子的味道越来越强烈，简直好像有一个人在你面前不到一尺的地方，种了一大片橘林，把一个奇大无比的蜜橘，像海星一般剥开，让每一瓣挂着橘络的橘肉，花一样盛开……

真有点不可思议。我把一直遮挡在眼前的书本挪开。于是我看到果平把我们的最后一个锡兵打开了，橘瓣在金黄色的橘汁中，像一弯弯初七八的月亮，动荡着，起伏着。

我啼笑皆非，说，果平，今天已经吃得肠胃要爆炸了，你这是何苦？

果平说，你并没有吃多少罐头啊。你听我来算账，刚开始我们每人半筒香蕉罐头，不过是五百克。后来的苹果，你只喝了一些汤，又能有多少？我知道，你特别爱吃橘子罐头，今天我已经吃到了童年时最喜欢吃的东西，我想让你也开心。

说着，果平双手把最后一个锡兵递给我。

面对这样的朋友，你还能说什么？

尽管在后面的日子里，逢到别人吃罐头的时候，我和果平总要借故走出房间，站到冷冷的山冈上，但我们从不后悔，在发下罐头的第一天，就吃完了整个月份的定量。

中国有句俗语：好吃不如饺子。

西藏高原的人，当然也爱吃饺子。可山上的水不到八十摄氏度就开了，根本就煮不熟饺子。再说平日里大家都挺忙的，包饺子是个大工程，一时半会儿完不成。

春节到了。年轻人回不了远在内地的老家，大年初一总得吃顿象征团圆的饺子吧。

为了这顿饺子，从腊月二十八就开始忙上了。炊事班长打开一袋袋面粉，在手心各捏一小撮儿，追着人问："你们说哪一袋面最白？"

大家随便看了一眼说："都是一盘机械磨出的面，都是一样的。"

炊事班长就红了脸反驳说："那可不一样。有的就细些，有的就粗些。十个指头还不一样齐呢！"

大家说："粗细还不一样吃？"

班长认真地说："那不一样。大伙儿好不容易吃一顿饺子，要用最好的面。"

衣服的剪裁

挑好了面，就开始兑水揉面。几个小伙子抡圆了胳膊干，和出好几袋面。面团卧在案板上，好像一只只小白猪。

然后是调馅。山上没有鲜菜，就用脱水菜。干燥的脱水菜是一种像树叶一样黄而脆的碎屑。一浸了水，就迅速胀大，变成像淤泥一样绿得发黑的糊状物。用手把水挤出去，菜馅的主角就有了。

没有鲜肉，就用红烧肉罐头替代。啪啪啪——打开几十筒，亮闪闪的一大溜罐头盒，好像一排胖胖的锡兵。冻成块儿的肉罐头要用筷子使劲儿搅匀，要不然，可能这个饺子里都是肉，那个饺子就是素馅了。

面和馅都有了，剩下的步骤就是如何把馅包在面里的问题。按照各自所在的房间划成小组，大家各自到食堂去领原料。

为了分得公平，炊事班长特地找来一杆秤。按每个人若干面若干馅的比例分发。我们领了面和馅，看着班长说："还有东西没发呢！"

操劳了几天的班长不耐烦了，说："还要什么？该给的都给你们啦！"

我们说："还有擀面杖、案板和搁饺子的盖帘啊。"

班长说："想得还挺周全。我又不是仙女，在这高高的雪山上，我到哪儿去给你们变这些东西？自己想办法吧。"

我们可怜兮兮地说："想不出来法子。"

班长说："那好办。就不要吃饺子了。面团擀成面片，饺子馅捏成丸子吃。"

我们赶紧就抱着盛馅和面的盆跑了，自己去想办法。

用抹布把桌面擦干净。谁不放心，就用酒精棉再涂一遍，算是消了毒。这就有了案板。

找来几本厚书，铺上白纸，撒一些干面，就成了上好的盖帘。

最难办的就是擀面杖了。雪山上连树都不长一棵，因陋就简现做一根都不可能。

不知是谁灵机一动，把一百毫升的大注射器芯子抽出来，权当擀面杖使。

起初，大家都说这个法子妙，但实践的结果并不理想。虽说勉强能把面团擀成圆形，但麻烦太大了。一来注射器内芯有个隆起的把子，干起活儿来十分不得劲儿。二来芯子非常滑，在平整的桌面上碾动，就像穿了溜冰鞋，累得人手腕酸疼。更有一位酷爱洁净的女孩说，她宁愿吃馒头，也不吃注射器芯子擀皮包出的饺子。

我们不解地问："为什么？"

女孩说："因为那根注射器抽过病人的血，芯子上没准儿还沾着病人的细胞呢！"

我们解释："都洗刷干净了，还用高压锅消过毒，没有事的。"

那女孩说："反正我是不吃这根棍擀出的皮，总是叫人心底犯嘀咕。我到别的房间看看，要是用新注射器，还凑合。"

说着她就跑了出去。

过了一会儿，她回来神秘地说："你们猜，男子汉们是怎么擀皮的？"

我们猜不出，她就领我们去看。

只见男人们把面团塞进轧面条的机器，用力把轮轴摇得像一架风车。面团就被挤成薄而长的面片，像瀑布一样垂下来。

男子汉们把布匹一般的面片摊在桌面上，抓起暖壶盖，像盖公章一样扣下去。一个圆而大而厚的面块儿就被切了下来，摞在一起，就成了硬邦邦的饺子皮。

男子汉们用这种饺子皮包的饺子，又胖又大，像白花花的元宝。

女孩子们笑他们的饺子样太蠢，他们不服气地说："我们的饺子一个顶一个，谁像你们的，没个鸽子眼大，吃一百个也不饱。"

几乎忙了一夜，我们才把饺子包好。天亮了，各房间把自产的饺子送到炊事班。大家的饺子真是千奇百怪，山东的挤饺、河北的睡饺……江南的饺子最秀气，趴在那里，好像半个月亮……

饺子又叫水饺，意思是用水煮的饺子。高原上的水不开，只好改为蒸饺。班长指挥着，每个房间的饺子摆一屉，然后拧好高压锅的螺栓，开始点火。

大家都目不转睛地盯着高压锅，好像那里面炖着山珍海味。

炊事班长揭开锅的一瞬，人们像喜马拉雅鹰一般扑了上去，根本不管屉与屉的分别，抓起饺子就往自己的碗里扔。

女孩子们比较矜持，况且，她们的鸽子眼样的小饺子，谅也没人稀罕。

轮到她们拾饺子的时候，可就傻了眼。哎呀呀，精致的小饺子早就被人抢完了，只剩下大元宝稳坐笼屉。

女孩子们一边吃元宝饺子，一边嫌它们皮厚馅少。只有一个女孩好开心，她说："不管怎么样，这种饺子吃着放心，起码皮上没有血迹。"

那时候我十六岁，在西藏当兵。

牧场上，常常可以看到牧民在纺羊毛。左手拿着一个枣核形的线锤，上面别着一个发卡样的小工具，右手从羊毛堆里拈出一个头，缠在工具上一旋转，羊毛就像被施了魔法，乖乖地把原本藏在自己身躯里的毛线吐了出来。

纺羊毛的姿势很美，甚至可以一边走一边纺。于是牧民背上的羊毛堆渐渐缩小，最后终于消失在高原透明的蓝色空气里了。而手中的线锤则像一个贪吃的胖子，肚子膨胀起来，绕满了均匀细密的毛线。

一天，女兵里年长又最心灵手巧的小如说："我们自己来捻毛线，再染上颜色，再亲手织成毛衣，自己穿或送人，是不是都很别致？"

大家都乐意一试。

第一步是筹措羊毛。几天以后，每人都搜集了一麻袋。

小如找来的都是雪白的山羊毛，又轻又软，好像一朵朵轻柔的云彩。她说，这些羊毛不是用剪子剪下来的，是请牧民用手，从羊肚子下面最暖和的地方抓下来的。许多年之后，我才在书上看到，这种山羊身上最细软的小毛，叫"羊绒"，被人视为"软黄金"。我敢肯定，小如当时并不懂这些，她只是凭自己的聪慧和直觉，做出了这样的选择。

我的麻袋里黑毛也有、白毛也有，像一盘鏖战中的围棋。粗糙的硬毛夹杂其中，松针般挺立。小如说："这种毛织出衣服会很扎人。"我满不在乎地说："我早打算好了，织毛袜子，不怕扎。"

我们跃跃欲试地预备捻线。小如说："别忙。羊毛还得洗呢。你们愿意穿着自己织的毛衣走过去，人家耸着鼻子说，怎么这么膻？"

我们就到狮泉河边去洗羊毛。

狮泉河浪花飞卷，好像无数狮子抖擞雪白的鬃毛，逶迤而来。

羊毛真的很脏，夹杂着粪球和草棍儿，还有纠结成缕的团块儿。雪水浸得我们十指冰凉，腰酸背疼。稍不小心，裹着水的羊毛就像一座浮岛，驾着波涛漂向下游的印度洋。

我看着渐渐远去的羊毛说："完了！我的羊毛袜子要少织一个脚指头了。"大家就笑我说："袜子又不是手套，不分指头的。"

小如奋勇地抢救她漂走的羊毛，几次险些跌进河里，裤腿全打湿了。往回走的路上，棉裤结了冰，咔嚓嚓发出玻璃纸的声音。我们笑她舍命不舍财，她说要织的毛衣很大很大，只怕这些羊毛还不够呢。

洗净的羊毛要晾干。羊毛湿的时候还挺乖，熨帖地伏在地上。但阳光使它们蓬松起来，轻盈起来。假如这时候刮来一阵风，它们就会像团团柳絮，飘飘然飞上冰峰。

我们只好像八脚蜘蛛一样，手舞足蹈地护卫着自己的羊毛，样子很狼狈。

总算可以开始纺线了。那活儿看起来不难，真干的时候，才发现很不容易。顾了捻线就忘了续羊毛，线就越来越细，像旱天的溪流，无声无息地断了。我捻的毛线又粗又硬，还疙里疙瘩的有许多接头，被大家称为"等外品"。

小如纺出的可是优质品。又白又细又匀，好像有一只银亮的巨蚕潜伏在她的羊毛堆里，忠实而勤勉地为她吐出美丽柔韧的长丝。

不管怎么说，我们每人都有了几大团毛线。

下一个步骤就是染线了。

先用脸盆盛水把颜料煮开，再把线桄浸在染液中炖。听着世界屋脊摇撼天地的罡风，看着炉子上一大盆冒着血红或翠绿气泡的沸水，真有身在魔鬼作坊之感。

为自己亲手捻的毛线挑选颜色，是一件很惬意的事情。

"我打算把毛线染成玫瑰红。你们想啊，在藏北的雪原上，我踩着一双玫瑰红的羊毛袜子，是多美丽的图画啊，简直有童话的味道……要不我就染成迎春花的明黄色……要不我干脆要大海的碧蓝色吧……"我神往地说。

小如毫不留情地泼凉水："你把黑羊和白羊的毛捻在一起，颜色已经混浊不堪。你说的那些娇美颜色都染不成，只有老紫或深墨绿还可凑合。染成黑色最保险。"

我只好自我解嘲："嘿！反正是袜子，踩在脚底下，谁也看不到。

什么颜色无所谓。"

大家都很关心小如的毛线染成什么颜色。没料到她沉思良久说："我什么颜色也不染了，就要这种白羊毛的本色。染的颜色再好看，天长日久终会褪色。唯有天生的颜色，永不会改变。"

虽说小如讲的很有道理，大家还是把毛线染成了各种颜色。主要是我们第一道工序没做好，毛线已不能保持洁白，只有靠染色来遮丑了。

我把线染成黑色，油亮亮的，像乌鸦的翅膀，也很好看。

织毛线活儿了。大家不再彼此商量集体行动，开始单干。这个给妈妈织条围巾，那个给爸爸织条毛裤。在漫漫长夜里，无声地围着高原的炉火，独自抱着线团，遥想着亲人的面庞，飞针走线。我不会织，就向小如请教。她埋着头结自己的伟大工程，匆匆忙忙给我写了一张织毛袜的要领，依旧嘟囔自己的针法："一针上两针下，两针并一针……"

她织的毛衣很大，图案复杂。难怪要不停地念念有词，生怕织错了花样。

我打趣地说："这么认真，是给谁织的呀？"

小如说："给一个人呗。"

我刨根问底："给一个什么人呢？"

"给一个你不认识的人啊。"她搪塞我。

"他在哪里呢？"我穷追不舍。

"他在一个很远的地方。"小如看着天边的雪山，雪山像银亮亮的锡箔铰成的图案，山上有我们的边防站。

"我现在不认识他，以后会不会认识呢？"

小如想了一下说："我要是向你介绍他，你就会认识他。我要是不说，你就永远不会认识他。"

我胸有成竹地笑道："小如姐，你错了。你就是不告诉我，日后在茫茫人海中，只要我遇见了，就会一眼认出他来。"

小如停下手里的毛衣针，温柔地露出白牙，说："看把你能的。我才不信你能认出他来！凭什么呢？"

我说："就凭这件白生生的羊绒衣啊。在当今这个世界上，可有一件羊绒衣，是这样自采自捻自洗自织自编花样造出来的吗？你设计的这个图案，天底下再没有第二份了。"

小如不语，只是嘻嘻地笑。

那件原白色的羊绒衣上，镂空地织着两颗套在一起的心，还有许多山和雪花。

图书在版编目（CIP）数据

白云剪裁的衣服 / 毕淑敏著 . -- 长沙：湖南文艺出版社 , 2020.5
　　ISBN 978-7-5404-9334-9

　　Ⅰ . ①白… Ⅱ . ①毕… Ⅲ . ①散文集－中国－当代
Ⅳ . ① I267

中国版本图书馆 CIP 数据核字（2019）第 140660 号

上架建议：名家经典 · 散文

BAIYUN JIANCAI DE YIFU
白云剪裁的衣服

作　　者：毕淑敏
出 版 人：曾赛丰
责任编辑：薛　健　刘诗哲
监　　制：邢越超
特约策划：董晓磊
特约编辑：尹　晶　徐　洒
营销支持：周　茜　文刀刀
封面设计：尚燕平
内文插图：视觉中国
版式设计：李　洁
出　　版：湖南文艺出版社
　　　　　（长沙市雨花区东二环一段 508 号　邮编：410014）
网　　址：www.hnwy.net
印　　刷：天津丰富彩艺印刷有限公司
经　　销：新华书店
开　　本：880mm×1270mm　1/32
字　　数：177 千字
印　　张：8.5
版　　次：2020 年 5 月第 1 版
印　　次：2020 年 5 月第 1 次印刷
书　　号：ISBN 978-7-5404-9334-9
定　　价：49.80 元

若有质量问题，请致电质量监督电话：010-59096394
团购电话：010-59320018